오늘도 울컥하고 말았습니다

상처를 주지도
받지도 않으면서
적당히
정의롭게 사는 법

정민지 지음

오늘도 울컥

하고 말았습니다

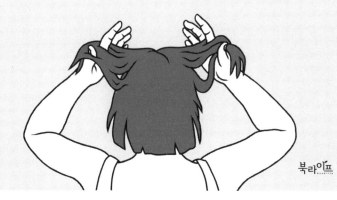

북라이프
booklife

오늘도 울컥하고 말았습니다

1판 1쇄 발행   2019년 3월 15일
1판 2쇄 발행   2019년 3월 30일

지은이 | 정민지
발행인 | 홍영태
발행처 | 북라이프
등 록 | 제313-2011-96호(2011년 3월 24일)
주 소 | 03991 서울시 마포구 월드컵북로6길 3 이노베이스빌딩 7층
전 화 | (02)338-9449
팩 스 | (02)338-6543
e-Mail | bb@businessbooks.co.kr
홈페이지 | http://www.businessbooks.co.kr
블로그 | http://blog.naver.com/booklife1
페이스북 | thebooklife
ISBN 979-11-88850-44-0   03810

이것은 어렵지만 고민하면서 살아야 하는,
내가 가장 오래오래 잘 돌봐야 하는
내 삶이니까.

겉은 말랑하게,
중심은 단단하게 산다는 것

어릴 적엔 뭣도 모르고 친구 집에 아무 때나 쳐들어 간 적이 많았는데 성인이 되고는 타인의 사적인 공간에 목적 없이 들어갈 일이 거의 없다. 나이 든 부모님과 살고 있는 캥거루족 친구 집은 더더욱 그렇다. 그런데 어쩌다 보니 캥거루 서식지에 들어가 저녁을 함께 먹을 일이 생겼다. 그날 밤, 내가 돌아가자마자 엄마 캥거루는 이렇게 말했다고 한다.

"네 친구, 딱 자식 많은 집의 둘째 같다."

둘째만이 가진 남다른 특성이 있는지는 잘 모르겠다. 단지 객식구 한 명이 낀 그날 저녁 식탁의 분위기와 말을 옮기는 친구의 표정으로 유추해보자면 튀지 않으려고 애쓰는 내 모습을 그리 표현

한 게 아닌가 싶다.

실제로 1남 3녀 중 둘째 딸인 나는 평소에 목소리를 높이기보다는 상대에게 맞춰주며 경청하는 역할을 자처하고, 아는 게 있어도 어지간해선 나서지 않는 편이다. 그날도 입맛에 안 맞는 반찬을 예의상 맛있게 먹었고, 자리가 어색하지 않을 정도로만 대화에 참여했다. 부모의 기대를 한 몸에 받는 첫째와 귀여움을 독차지하는 막내 사이에 낀 어중간한 둘째. 그게 나의 평소 모습에도 반영된 것일까.

그런데 여기 반전이 있다. 회사라는 공간으로 들어가자 나의 모습은 180도 달라졌다. 가끔 우리 가족들은 내가 '쎈 캐릭터'로 일하는 얘기를 들으면 꽤 낯설어 한다.

"네가?"

기자란 직업은 늘 날을 세워야 한다. 시시각각 터지는 일에 촉각을 곤두세우면서 때로는 성난 황소처럼 돌진해야 했다. 그러다 꾹꾹 눌러도 가라앉지 않는 것이 결국 용수철처럼 튀어나올 때가 있었다. 그럴 때 나는 말을 돌려서 하지 않았다. 실은 돌려 말하는 법을 잘 알지 못했다.

투사가 되고 싶지는 않았다. 그럴 능력도, 의지도 없고. 내게는 단지 참을 수 없는 순간들이었을 뿐이다. 눈물이 날 때도, 화가 날 때도, 욕이 나올 때도 있었다. 무슨 일이 닥쳤을 때 아무리 참고 참아도 끝끝내 입 밖으로 튀어나오고야 마는 감정의 파편들. 이 사회에서는 내가 가진 원칙을 훼손하는 태클이 너무나 많았고, 상식 아닌 것을 상식이라고 들이미는 조직의 논리는 나를 자주 힘들게 했다.

내가 가장 좋아하는 과일인 망고는 쉽게 물크러질 것처럼 말캉말캉하다. 그런데 과도를 슥 집어넣어 보면 예상보다 너무나 빨리, 터무니없이 크고 단단한 씨가 턱 걸린다. 아무리 예리한 날이 덤벼도 무용지물이다. 그 거대한 씨앗은, 먹기에는 불편해도 망고를 망고답게 해주는 것이다. 내가 울컥하는 순간들도 나란 존재를 지켜주는 단단한 중심이었다. 그렇게 나는 겉은 물러서 생채기가 날지언정 내 중심만은 단단하게 지키며 살고 싶었다.

스물다섯 살에 기자 생활을 시작해서 방송사와 신문사를 거치며 11년을 일했다. 그러다 별다른 계획 없이 퇴사했다. 싸구려 노트북을 한 대 장만해 생각나는 대로 글을 썼다. 기사와 달리 내 감정을 처음으로 드러내는 글이었다. 쓰면서 몇 번 눈물이 맺혔다. 아직도 아물지 않은 상처들을 발견하고 놀랐다. 운이 좋았다고밖에 할 수 없는 순간들에는 감사했다. 잔잔해 보이는 일상 속에서 나 홀로 부서졌던 순간들을 쏟아내기 시작했고, 몇 편의 글을 무작정 출판사로 보냈다.

이 책을 쓰면서 이틀 만에 목차를 정리하고 한 달여 만에 초고를 완성했다. 초고를 본 편집자는 모두 빠짐없이 책에 싣자고 했다. 그러고 나서 나는 또 한 달 만에 거의 모든 글을 모조리 손봤다. 그렇게 뜯어 고치다 보니 전혀 다른 글이 됐다. 나는 다시 원래대로 글을 거의 되돌리고, 어색한 문맥을 다듬는 수준에서만 수정 원고를 보냈다.

애송이 작가가 애써 다듬은 글을 원상 복구하는 것은 적잖은 결심이 필요한 일이었다. 그래도 그것이 지금의 나 자신을 있는 그대로 솔직히 드러내는 것이라 믿었기에 후회는 없다. 이 책은 보태거나 빼는 것 없이 순간의 감정들을 담아낸 한 30대 직장인의 담담한 기록에 가깝다. 거친 글을 세상에 내게 된 부끄러움은 스스로가 감당을 해야겠지만.

복잡하게 생각하고 싶지 않다. 지금은 무엇보다도, 처음 할 때만이 가질 수 있는 최선이 담긴 책을 내게 되어 설렌다. 글을 읽는 당신이 어느 한 페이지에 눈길이 머무르고, 그 문장을 함께 읽을 누군가를 떠올린다면 더없이 좋겠다.

정민지

1

오늘도 울컥하고 말았습니다

2

오늘도 참고 말았습니다

3

오늘도 부끄러워지고 말았습니다

오늘도 울컥 하고 말았습니다

관성대로만 사는 것은
고장 난 삶이 아닐까

대학을 졸업하고 백수로 산 지 9개월. 4학년이 돼서야 저널리스트
가 되겠다는 늦바람이 든 탓에 남들보다 한참 뒤처져 있었다. 여기
에 4학기 연속으로 등록금을 대출받아 천만 원 넘는 빚까지. 정신
똑바로 차리지 않으면 이미 발 하나가 나가 있는 낭떠러지 아래로
뚝 떨어질 것 같은 심정이었다.

다행히 몇 곳에서 면접 기회를 얻었지만 어렵사리 들어간 면접
장에서는 언론사라고 하기에는 식상한 질문들만 난무했다.

"물에 빠진 사람을 봤는데 너무 멀어서 구조 가능성이 희박하다.
그래도 사람을 구하기 위해 달려갈 건가, 아니면 촬영을 할 건가?"

"부모가 연루된 대형 비리 사건을 단독 제보로 알게 됐는데 보도할 건가?"

"로또복권 1등에 당첨되면 뭘 할 건가?"

등등…. 면접을 보기 전까지만 해도 '에잇, 면접관들이 우리 머리 위에서 놀면 놀았지 그렇게 뻔한 질문을 하겠어?'라고 생각했다. 그러나 세상은 원래 식상함이 뒤섞여 악취를 풍기는 공간이란 걸 스물다섯 살의 나는 미처 알지 못했다. 면접장이야말로 구태의연한 질문들이 총집결된 공간이었다.

나는 인간의 도리를 지켜 생명부터 구하러 가겠다고 답했고(면접관들은 곧 하품이라도 할 기세였다), 자식이 부모님 쇠고랑 채우는 기사를 쓸 순 없으니 동료에게 제보를 '토스'하겠다고 했고(배구선수도 아닌데), 로또 당첨금은 야금야금 쓰겠다는 식으로 하나마나한 답변을 내놓았다. 더 이상 식상해지면 곤란할 것 같은 세상에 나까지 식상함을 한 움큼 더하는 순간이었다. 그때 한 면접관이 사람 좋은 미소를 지으며 "자네는 온건해 보이는군."이라고 말했다. 쓰디쓴 탈락 소식을 접하고 나서야 그 말이 "너에겐 흥미 없어."란 의미였다는 걸 알아차렸다.

그래도 채용공고가 뜨는 대로 언론사 시험을 보다 보니 요령이 조금 생겼는지 용케 한 방송사 합숙면접까지 올라갔다. 백수가 쓸모 있는 인간으로 공인받기 위한 마지막 관문이었다. 채용전형은

총 4단계로 한 단계씩 올라갈수록 압박 강도가 훨씬 높아졌다. "자네, 주량이 어떻게 되나."라고 물었을 때 첫 번째 면접자가 "소주 두 병입니다."라고 말하면 나머지 면접자들은 최소 '두 병 반 정도'는 된다고 해야 감점을 안 당할 것 같은 분위기였다. 주량의 사전 정의는 '마시고 견딜 정도의 술의 분량'을 말한다. 견딘다는 건 시련이나 고통을 참아낸다는 뜻. 그렇다면 결국 주량은 정신력에 달렸다는 의미일까? 적어도 그때의 나에게는 두 병 반이 내 정신력을 의미했다. 밥벌이하는 사람 구실을 해보고 싶은 간절함과 동의어이기도 했다. 술도 마셨겠다, 조금은 긴장이 느슨해진 틈을 비집고 회심의 기습질문이 훅 들어왔다.

"애써 뽑아놨더니 경력만 쌓고 이직하는 거 아닌가?"

다들 머리를 굴리기 시작했다. 면접자들은 앞다퉈 이곳이야말로 기자 정신이 꽃필 수 있는 최고의 회사라고 답했다. 누군가는 뉴스 포지셔닝(있어 보이는 단어 선택이다)이 가장 공정하다고 말했고, 누구는 언론인을 꿈꾸며 처음부터 목표한 회사라고 했다. 마지막 내 차례. 입술이 바짝 마른다. 답변 타이밍을 놓쳐 말문이 막히려는 찰나, 조바심 난 입이 머리보다 먼저 움직였다.

"입사하고 나면 제가 회사를 평가하는 게 맞지 않나요?"

지나고 나서 보면 아주 사소한 행동, 툭 내뱉은 말 한마디, 대충 내린 선택 따위에 인생 항로가 크게 휘어져버렸다는 사실을 깨달을 때가 있다. 야구에서 투수의 공 하나로 경기 흐름이 이쪽에서 저쪽으로 뒤바뀌는 것처럼.

내가 그랬다. 미처 준비하지 않았던 저 당돌한 말이 언론인으로서의 길을 열어주었다.

나는 말했다. 합격하면 지금 당신들이 날 평가하고 있는 만큼 아주 꼼꼼하게 회사를 평가하겠다고. 과연 내가 있을 만한 회사인지 아닌지.

말을 마친 순간 면접관들의 표정이 쎄-하게 바뀌었던 것 같다. 그날 밤, 합숙소에 돌아가서는 이직 확률이 높은 면접자로 낙인찍혔다는 '낙방의 기운'이 엄습해서 잠 못 이룬 채 머리를 쥐어뜯어야 했다.

하지만 가슴을 쓸어내리며 고백하건대 나는 수백 대 일의 경쟁률을 뚫고 그해 단 한 명의 신입기자로 합격했다. 보도국의 첫 여기자였다. 말을 잘 못한 데다 눈치조차 없으니 떨어지는 게 당연하다고 생각했는데, 나중에 들어보니 의견이 나뉘긴 했지만 솔직한 발언이 인상적이었다는 의견이 대세로 굳어지면서 합격자 명단에 이름을 올렸다고 한다(입사 후 벌어지는 일들은 이 책 곳곳에 녹아 있습니다).

그렇게 첫 회사에 들어가고 한 번의 이직과 1년의 공백기를 거쳐 어느덧 기자로서의 삶은 10년을 훌쩍 넘겼다. 칵테일은 잘하는 바텐더가 만들면 적당히 만들어도 맛있고 그렇지 않은 바텐더가 만들면 정성껏 만들어도 맛이 없다고 한다. 나는 일정 수준 이상의 기사를 그럭저럭 적당히 쓸 줄 아는, 특급호텔까진 아니어도 제법 큰 바의 바텐더 정도의 기자가 됐다.

그런데 어느 순간부터 일을 하면 할수록, 기사를 쓰면 쓸수록 망설이는 내 모습을 발견했다. 이쯤 되면 대단한 결단력이 생기고 나만의 철학과 가치관도 확고해질 거라 믿었다. 하지만 정작 지금의 나는 10년 전 면접장 햇병아리 때보다도 훨씬 더 망설이고 있다. 특히 뭔가 결정을 내려야 할 때면 더 자주 걸음을 멈췄다.

그게 꼭 나쁘지는 않았다. 폼은 좀 안 날지라도 헤아려야 할 생각의 범위가 넓어지고 있었다. 고민의 순간마다 그렇게 멈춰 섰다.

살면서 단호한 확신을 가진 이들이 얼마나 위험한지를 자주 목격했다. 그 확신은 어지간한 자극에는 반응조차 하지 않고 앞으로만 돌진한다. 관성은 폭주기관차다. 고장 나서 멈출 수가 없다. 관성대로만 사는 건 본래의 목적이 무엇이었는지를 도통 알 수 없게 만드는 고장 난 삶이다.

이제는 뭔가 결정을 내릴 때 따져 묻는다. 지금 내 모습은 어떤가? 떳떳한가? 정의라는 거창한 단어는 나와는 영 거리가 멀고, 나는 다만 비겁하고 싶지 않을 뿐이다.

우리는 자신을 지키면서도 비겁하지 않을 수 있을까. 아직은 뭐라고 확신할 수 없다. 하지만 비겁하게 살기 싫은 최소한의 삶의 기준을 외면하고 싶진 않다. 왜냐하면 이건 어렵지만 고민하면서 살아야 하는, 내가 가장 오래오래 잘 돌봐야 하는 내 삶이니까.

> 일찍이 그 어떤 사람도 완전히 자기 자신이 되어본 적은 없었다.
> 그럼에도 누구나 자기 자신이 되려고 노력한다.
> 어떤 사람은 모호하게 어떤 사람은 보다 투명하게, 누구나 그
> 나름대로 힘껏 노력한다.
>
> _ 헤르만 헤세, 《데미안》

집요하고 힘껏. 삶은 그렇게 애를 써야 한다. 나를 잃지 않으려고 끝내 몸부림치는 것. 사회생활에서 여기저기 부딪쳐도 끝내 사수하고 있는 나의 솔직함이란 그렇게 절박한 것이었다.

머리를 탬버린으로
내리치고 싶지는 않아요

행복한 한때는 그 무렵 들었던 노래와 함께 소환된다. '세상만사 걱정 근심 없는 것'이 행복의 필요충분조건이라면 나는 바야흐로 대학교 1학년 때 행복의 전성기를 구가했다. 그리고 한 장의 쿠바 음악 앨범《부에나 비스타 소셜 클럽》은 전성기를 맞은 나에게 핀 조명을 쏘아주었다. 여기저기 흩어져 있던 백발의 뮤지션들이 모여 6일 만에 뚝딱 만든 음반이 전 세계를 휩쓸다니. 정말이지 영화 같은 스토리였다. 캠퍼스에서 할 일 없이 앉아 이 음악을 들으면 '개도 고양이도 쿠바에선 살사를 춘다'는 말에 한 치의 의심도 들지 않았다.

알토 세드로에서 마르카네로 가네.

쿠에토를 거쳐 마야리로 가야지.

단순한 가사, 흥겨운 리듬, 쿠바의 뜨거운 자유로움이 갓 상경한 새내기가 품고 온 다이너마이트 심지에 탁! 불을 붙여줬다.

행복의 전성기 시절, 어둠이 내려앉으면 하루가 멀다 하고 노래방을 들락거렸다. 쿠바 노래를 부르러 갔냐고? 그럴 리가. 대여섯 명에서 9천 원짜리 참치김치찌개 안주 하나에 육수를 붓고 국물이 졸면 붓고 또 붓고⋯ 마지막 남은 육수에 라면사리까지 넣어서 오병이어의 기적을 재현하다가 소주를 다 마시고 막차까지 끊기면 하는 수 없다는 듯 가방을 챙겨 우르르 지하 노래방으로 갔다.

희한하게 가장 술이 센 사람이 늘 먼저 뻗었다. 이들을 챙기느라 취기가 가신 2학년 선배는 금영보다 역시 태진이 좋다며(사람 이름 아니고 노래방 기기다) 자우림 노래를 메들리로 불러댔다. "봄날은 가네 무심히도. 꽃잎은 지네 바람에~" 다음에 "이렇게 멋진 파란 하늘 위로! 날으는 마법 융단을 타고! 인생은 한 번뿐 후회하지 마요!" 우리는 후회 없이 진탕 술을 마시고 노래방 소파에 널브러졌다. 나와 함께 부에나 비스타 소셜 클럽 CD 1번 트랙 〈찬찬〉을 좋아했던 남자 동기는 아주 구성지게 트로트 〈찬찬찬〉을 불렀고, 누군가는 이적의 〈레인〉을 제법 비슷하게 불렀다. 하나둘씩 잠들다 지하철 첫차 시간이 다가오면 다시 하나둘씩 좀비처럼 일어나 지하철역으로 갔고, 첫차가 올 때까지 역 내 벤치에 앉아 꾸벅꾸벅 졸다가 두 번째나 세 번째 열차에 겨우 몸을 실었다.

으스대며 가끔 술값을 내준 외국계기업에 다니던 선배의 말처럼 과연 회사는 전혀 다른 세상이었다. 노래방에 대한 추억도 딴 세상일처럼 아득해졌다. 회식으로 간 노래방에서 딴짓을 하거나 점잖은 척 앉아 있으면 여지없이 눈에 띄어 사회성 없는 인간으로 낙인 찍힌다. 호랑이가 야자나무 주위를 계속 빙빙 돌다가 끝내 버터가 되고, 주인공 아이가 그 버터로 노릇노릇한 팬케이크를 만들어 냠냠 먹는 미국 동화가 생각난다. 그 책을 읽으며 '아, 뭐든지 한 가지를 너무 열심히 하면 녹아버리는구나' 생각했다(역시 조기교육은 무서운 겁니다). 상사를 절로 일으켜 세울 수 있는 선곡을 하고, 다 함께 어우러져야만 하는 노래방에 있다 보면 너나없이 한데 녹아 아예 버터가 될지도 모를 지경이다.

노래방은 조직 생활의 정점이기도 하다. 상사가 모를 것 같은 노래는 선곡도 하지 않는다. 지극히 사적이어야 할 노래의 취향마저도 평가를 받는다. 성별에 대한 고정관념이 본색을 드러내는 공간이어서 누군가에게는 폭력의 공간이 되기도 한다. 누나들 마음을 달달하게 녹인 드라마 〈밥 잘 사주는 예쁜 누나〉에서 손예진은 '탬버린'이란 별명이 붙을 정도로 노래방에서 끈적끈적한 희롱을 겪으며 그 공간에 보이지 않는 위압이 얼마나 많은지를 극명하게 보여준다.

스물다섯, 첫 직장에서 기자, 피디, 방송기술국 선배들이 신입사원들에게 술을 사는 자리가 있었다. 지금이라면 말도 안 되는 소리지만 정말 그때 한 선배가 콧구멍으로 양주를 마시는 걸 시연했다. 나도 술이라면 한 술 하다 왔는데 정말 회사는 '어나더 월드'라 느낀 순간이었다. 숨 쉬는 것 말고 코의 다른 용도가 있는 줄 몰랐다. 피디는 똘끼가 있어야 한다더니 과연 그렇구나, 창의성에 할 말을 잃었다. 신입사원 일곱 명 중 나머지는 시늉만 내고 말았지만, 피디 동기는 직속 선배의 엄중한 시연에 압도되어선지 코로 양주를 흡입했다는 슬픈 이야기.

당연하다는 듯 그날 회식 2차는 노래방이었다. 참석자 중 여자는 나뿐이었다. 신입사원인 우리는 순간접착제처럼 단기간에 끈끈해진 동기애를 발휘해 떼창을 했다. 그런데 한 선배가 나를 콕 집어 노래를 부르라고 집요하게 요구했다. 나중에 하겠다고 해도 막무가내였다. 10분, 20분이 지나도록 마이크를 잡지 않고 자리에 앉아 동기들의 노래에 추임새만 넣었다. 한쪽에서 쏘아대는 레이저를 느꼈지만 쳐다보지 않았다. 선배는 급기야 노래방 책을 내 쪽 테이블 앞으로 '탁' 소리 나게 던졌다. 그 소리에 나도 봉인이 해제됐다.

"그렇게 노래를 듣고 싶으시면 도우미를 부르세요! 이 ×××야!"

차마 욕까지 한 건 글로 못 남기겠다. 어떻게 됐냐고? 동기들이 씩씩대는 나를 양쪽에서 잡아끌어 앉히고, 남자 선배들은 벙-찐 그를 끌고 대책 회의하듯 우르르 나갔다. 조금 있다 들어와 "널 챙겨주려고 그랬는데 미안하게 됐다."고 했다. "자자, 악수해 둘이, 어서." 선배는 손을 내밀었다. 나도 주뼛주뼛 손을 잡았지만 딱히 할 말이 생각나지 않아 입은 꾹 다물었다.

다음 날 어떻게 됐을까?

선배가 내게 저지른 무례는 노래방기계 시간처럼 '0'이 됐고, 나는 선배의 사과를 받지도 않고 면전에 욕지거리를 한 싹수없고 사차원인 여자 신입으로 낙인찍혔다(불문곡절 먼저 욕을 하면 약점이 된다는 교훈은 얻었다). 어찌됐든 그 뒤로 선배들이 나를 노래방에 데리고 가는 일은 거의 없었다.

그런데 그 사건에 대해 동기들이 모두 내 편을 들었던 건 아니다. 내가 '도우미'란 단어를 언급하면서 선후배간 갑질 문제를 성性 문제로 한순간에 둔갑시켰다는 문제 제기가 나왔다. 보도국 내 만연하게 퍼진 부당한 선후배 시스템에는 아무 말 못하더니 성적인 잣대를 들이대면 꿈쩍 못할 걸 아니까 그렇게 걸고넘어진 게 아니냐는 말이었다. 순간접착제의 효력은 여기까지인가. 나는 꽤 쓸쓸해졌다. 아무튼 동기 중에는 나만 퇴사해 다른 언론사로 자리를 옮겼고, 나머지는 아직까지 잘 다니고 있다(고 전해 들었다. 맞지?).

한동안 노래방이 낀 회식을 용케 요리조리 피해 다니다가 결혼하고 시부모님과 떠난 가족여행에서 호텔 지하에 있는 노래방을 가게 됐다. 남편은 시어머니가 소싯적 트로트 음반까지 취입한 프로급 노래 실력의 소유자, 라고 사전 예고했다. 실제로 마이크를 잡은 어머님은 박자를 가지고 노는 세련된 그루브를 아낌없이 선보이셨다.

　며느리인 나는 탬버린을 들고 자리를 박차고 일어나 박자를 맞추며 몸을 이리저리 들썩들썩했다. 술을 마셔 취기도 있겠다, 탬버린 잡고 오른쪽 왼쪽으로 흔들흔들. 그랬더니 같이 일어난 남편이 나에게 몸을 기울여 귀에 대고 속삭였다.

　"지금 이거 상사들 비위 맞추는 회식 자리 아니야."

　순간 무안했다. 몇 년간 노래방을 끊었는데도 저절로 탬버린을 쥐어 드는 이 을의 본능. 윗사람이 노래를 부를 땐 추임새를 넣고 잘 보이고 싶어 탬버린도 마구 흔들어야 될 것 같은 건 왜일까.

　회식이 1차로 끝나기만을 기다리고 있는데 누군가 "노래방 한 번 가시죠!" 하면 속에서 갖은 천불이 난다. 영화 〈리틀 포레스트〉를 보면 은행원 은숙이가 회식 때 부장의 머리를 탬버린으로 힘껏 내리치는데(당연히 상상 신이라고 생각하며 봤는데 진짜였다), 그럴 용기는 당장 사표 던질 생각이 아니라면 행동으로 개시하기 어렵다.

　주말마다 〈불후의 명곡〉에 턱이 빠져라 몰입하는 엄마를 보면 그저 우리가 흥이 좋은 민족이라서 윗사람들이 노래방을 좋아하는 걸까, 생각이 들다가도 내가 겪은 현실에 고개가 절레절레. 아무래도 무리다. 저도 노래 좋아하는데요, 누군가에게 폭력일 수 있는 노래방은 회식 2차로 웬만하면 가지 맙시다. 회사 사람과는 놉.

우리는 비겁해지는 법을
먼저 배웠다

오랫동안 한쪽으로 미뤄두었던 마르셀 프루스트의 책《잃어버린 시간을 찾아서》를 드디어 읽기 시작했다. 세상에는 두 종류의 사람, 프루스트를 읽은 사람과 읽지 않은 사람만 있다고? 앙드레 모루아가 무슨 생각으로 그런 말을 했는지는 모르겠다. 하지만 이 책을 정복하겠다는 도전 의식을 갖게 하는 말이긴 하다. 길고 지루한 책을 꾸역꾸역 읽으려면 갈 길이 멀었는데 초입부터 미로에 빠져서 자꾸 멈춰 섰다. 그렇게 우물쭈물하다가 한 문장을 만났다.

> 비겁함에 있어서는 이미 어른이었던 나는, 고통과 불의에 처
> 했을 때 우리 모두가 어른이 되면 하는 식으로, 그것을 보려고

하지 않았다.

　나이를 먹으면 당연히 어른다워질 것이라고 생각한 적이 있었
다. '어른답다'가 무엇인지는 몰라도 막연하게 크고 멋있고 아름다
운 것이라 여겼다. 기자가 되면 당연히 '정의롭게 살게 될 것'이라
고 생각했다. 하지만 그 마음은 그리 오래지 않아 무너졌다.

　2007년 6월이었다. 방송사 사회부 기자였던 나는 오랜만에 크
게 한 건 했다며 신이 난 광역수사대 경찰들을 따라 지방의 한 모
텔로 갔다. 그곳에는 또래들에게서 성매매 피해를 당한 중학교
3학년 소녀가 있었다. 소녀는 탈출에 번번이 실패했다. 팔다리에
는 담뱃불로 지진 자국이 하나둘 늘어갔다.
　소녀의 몸은 열네 살 치고는 강마른 아기 염소처럼 작았다. 앙
상한 팔과 다리에는 상처와 그 주변으로 다시 돋아나고 있는 피부
가 나이테처럼 허옇게 불규칙한 소용돌이를 그리고 있었다. 소녀
는 카메라 앞에서 한 번도 고개를 들지 못했다.
　이런 식의 보도는 너무 많다는 시니컬한 데스크를 뚫으려면 새
로운 팩트가 필요했다. 조금 혼란스러웠지만 나는 이를 물었다.
　"언니들이 어떻게 때렸어?"
　"밥은 어떻게 먹었어?"
　"여기서 어떻게 탈출했어?"

어렵다는 언론고시를 패스해 입사한 지 1년 차인 초짜 기자. 게다가 방송국 내 유일한 여자 기자라는 핸디캡(?)을 극복하기 위해 하나라도 잘해보려는 마음으로 충만했을 때다. 이 정도면 혼나지는 않겠다는 생각이 들자 비로소 취재를 마쳤고 마감 시간을 넘기지 않고 리포트를 써서 넘겼다. 제목은 '짐승 같은 1000명'이었다.

그로부터 일주일이 지났다. 모르는 번호로 전화가 걸려왔다. 여성단체란다. 피해자인 소녀를 범죄현장에 다시 데려가서 그때의 고통을 떠올리게 하는 것은 언론윤리에 어긋나지 않느냐며 '답변해달라'고 딱딱하게 말했다.

아찔했다. 아찔하다의 사전 정의는 '갑자기 정신이 아득하고 조금 어지러운 것'이라는데 그때의 내가 딱 그랬다. 처음이었다. 취재를 당하고, 전화 녹취의 대상이 된 것이. 경찰에 문의하시라, 기자가 판단도 하지 않느냐는 식의 대화가 몇 번 오가고 전화를 끊었다. 나는 통화를 마치고 한동안 가만히 서 있었다. 경찰에게 소녀의 안부를 묻고 시설에서 안정을 취하고 있어 괜찮다는 말을 들었음에도 한동안 쓸쓸함을 떨칠 수 없었다.

그 뒤부터 마음에 미세한 균열이 갔다. 물먹었다, 는 표현은 언론 바닥에서는 낙종 즉, 특종을 놓치는 일을 뜻한다. 물먹은 기사보다 더 괜찮은 기삿거리를 물어다 데스크에 주지 않으면 꽤 피곤해진다. 나는 물먹는 걸 감수하더라도 다시는 아찔한 실수를 하지 말자는 주의로 바뀌었고, 일하면 일할수록 언론에 신물이 나면서 특종 기자라는 타이틀과는 거리가 영영 멀어지게 되었다.

    문득 중학생 때 교련 선생이 떠올랐다. 그때는 영화 〈말죽거리 잔혹사〉에 나온 것 같은 기본적인 군사교육은 이미 사라졌지만 교련 과목은 남아 있었다. 교련을 가르치는 교사로서는 전공 분야가 홀대받는 시대의 흐름이 퍽 마뜩찮았을 것이다.

    교련 선생은 KFC 할아버지를 두 배쯤 부풀려 놓으면 될 정도로 고도 비만인 40대 후반 아저씨였다. 인간승리의 신화인 KFC 할아버지를 비만인이란 이유로 교련 선생에게 갖다붙이니 어쩐지 죄송스럽다. 교련 선생은 유난히 '여중생은 이래야 한다'는 자신만의 철학이 확고했다. 앞머리는 절대 내면 안 됐다. 이유는? 여자는 이마가 보여야 복이 들어오기 때문에. 앞머리가 이미 있다면? 반드시 검은색 핀으로 옆머리와 붙여 고정시켜야 했다. 이유는 모르겠다. 그에게는 오로지 '당위성'만 존재했던 것 같다.

    그의 레이더망에 어느 날 내 친구 제니퍼가 포착됐다. 친구는 톰 크루즈를 좋아했고, 이름이 '숙' 자로 끝나는 것이 분하다며 '제니퍼'로 불러달라고 했다. 제니퍼는 여름방학이 끝나고 한동안 학교에 나오지 않았다. 담임선생님은 제니퍼가 암에 걸렸다고 침통한 표정으로 말했다. 암이라니… 우리는 숙이를 제니퍼로 부르는 것처럼, 톰 아저씨가 제니퍼에게 프러포즈를 하는 것처럼, 암이라는 말을 들었을 때 대단히 초현실적인 느낌이 들었다.

제니퍼는 학기 말쯤 되어 돌아왔다. 투명한 개구리알같이 창백한 피부에, 다크브라운 색 단발머리 가발을 쓰고.

"우린 염색 못하는데 갈색 머리 너무 부러워!"

우리는 제니퍼 주변에서 까르르 댔고, 제니퍼도 목련꽃 같은 해사한 웃음을 지어 보였다.

그러나 제니퍼를 마주친 교련 선생은 아니었다. 그는 평소 쌓아두었던 화를 순식간에 폭발했다. 갈색 머리라니! 게다가 앞머리라니! 버르장머리를 고치겠다며 귀를 잡아당겼을 때, 복도에 있는 모든 아이들이 얼어붙어 그 자리에 멈췄다. 짧지 않은 정적이 흘렀다. 제니퍼는 한마디도 하지 않았고, 눈동자에 눈물이 고였지만 절대 흐르게 두지는 않았다.

이 소동은 나중에 제니퍼의 사정을 알게 된 교련 선생이 학생들 앞에서 머쓱하게 공개사과를 하면서 일단락됐다. "그때 말을 했어야 알지, 쩝." 하고 난 뒤 그는 또 열심히 학생들의 머리 검사에 열을 올렸다. 그것이 자신의 존재 이유라도 된 듯.

어쩌면 기자가 된 나의 모습은 교련 선생과 닮아버린지도 모른다. 살아남기 위해 지극히 나의 성과만을 따지게 됐다. 공격을 방어하기 위해 상처를 주는 입장이 되기도 했다. 이 상처투성이 삶에서 나는 상처를 준 기억과 상처를 받은 기억을 떠올리면 끝없이 침잠하게 된다.

어른이 된 후 나는 얼마나 오랫동안 이유 없는 당위성으로 스스로를 합리화했을까. 어쩌면 사회에 나오자마자 비겁해지는 법부터 배웠는지도 모르겠다. 아무도 그게 잘못이라고 말해주지도 않았다. 그렇지만 문득 누군가에게 상처를 받는 일도, 상처를 주는 일도 지겨워졌다. '어른답다'는 것은 크지도, 멋지지도, 아름답지도 않았다. 그저 조금이나마 서로에게 상처를 주지 않기 위해 끊임없이 배워나가는 사람이라는 것을 어른이 되고도 한참 지나서야 알게 되었다.

사랑하는 내 친구 제니퍼는 중학교 3학년이 되지 못하고 결국 다음해 저세상으로 떠났다. 교련 선생에게서 받았던 상처는 모두 아물었을까. 그 소녀 몸에 난 검붉은 딱지엔 새살이 차올랐을까.

인사는 왜 꼭 아랫사람이
먼저 해야 하나요?

고등학생 때 일이다. 2.0이었던 시력이 갑자기 나빠져 칠판 글씨가 흐릿하게 보이기 시작했다.

"공부를 너무 열심히 해서 그런 거야!"

나는 아빠를 데리고 위풍당당하게 안경 가게에 입성했다. 그리고 진열대에서 꽤 비싼 안경테를 집어 들었다. 형편이 넉넉지 않은 가장의 딸이었지만 부모에게 무엇이든 당당히 요구해도 괜찮은 (줄 착각하는) 고3 수험생이었다. 거 참 잘 골랐다는 안경점 주인 말을 귓등으로 들으며 거울 앞에 섰다. 도수가 들어간 안경을 쓰고 나를 선명하게 마주한 순간.

"으악, 이게 나야?"

거울 속에는 눈 밑에 그늘이 지고 일명 돼지털로 불리는 반곱슬이 보기 싫게 삐죽삐죽 솟아 있는 열아홉 살 소녀가 있었다. 볼에는 주근깨까지 투두두둑 퍼져 있었다. 지금 생각해보면 전형적인 수험생이었고, 30대인 지금 기준으론 목련꽃처럼 풋풋해서 부러운 얼굴이었을 게 분명하다. 하지만 그때는 낮은 시력 때문에 내 모습을 자체적으로 뽀얗게 필터링 해온 터라 대단히 실망했다. 노랗고 은은한 백열등을 켜고 살다가 쨍한 형광등 아래에서 거울을 봤을 때 같은 충격이었다.

철없는 나는 그렇게 비싼 안경을 장만하게 됐지만 대학에 가고 나서 안경은 안경집에서 고이 잠드는 운명을 맞았다. 시력도 조금 회복됐는지 안경 없이 살아도 불편한 일은 없었다. 회사에 들어가기 전까진.

신입사원이라면 눈도 좋아야 한다는 건 미처 몰랐다. 많이 과장하자면 7킬로미터 앞까지 내다본다는 사바나 초원의 기린이나 시력이 8.0까지 간다는 몽골 유목민처럼 가시권이 넓어야 유리했다. 멀리 보이는 선배들을 미리 알아차리고 다가오는 타이밍에 맞춰 먼저 인사해야 했기 때문이다. 눈치란 곧 신입사원의 센스와 직결되는 중요한 문제였다.

가장 이해하기 힘들었던 건 회사 건물에 들어서면 만나는 모든 사람에게 인사를 하라는 것이었다. 문제는 3미터나 될까 하는 내

빈약한 가시권에 진입하기 전부터 그들은 내가 인사를 하나 안 하나 주시하고 있었고, 시야에 들어오지 않은 채 사라지는 이들도 허다했다는 거다. 그렇다고 안경 쓰고, 정신 똑바로 차리고, 인사 기계가 되고 싶지는 않았다. 기이하게도 그들은 하나같이 절대 대놓고 지적하지는 않았다(높은 사람들이라 그런가?). 대신 몇 다리를 지나 끝끝내 내 귀에까지 도달하게 만들었다. '요새 너에 대한 평가가 이렇다더라' 하는 식으로. 그 말을 듣는 나는 부아가 치밀었다.

"회사 안에서는 다 너보다 선배니까 무조건 인사해."

"선배들이 먼저 하면 안 돼요?"

"… 어?"

"인사를 꼭 아랫사람이 먼저 해야 하는 건 아니잖아요."

돌이켜보면 그때의 나는 선배들이 보기에 도무지 맘에 안 드는 것투성이였다. 선배들은 내가 신입사원인데도 각이 전혀 안 잡혔다고 뒤에서 손가락질했다.

"각이 뭔데요?"

학교 다닐 때 도형의 예각, 둔각은 억지로라도 배워서 암기했는데 각을 잡는 법은 어떤 것인지 배우지 못했다. 하지만 곧 어렴풋이 알게 됐다. 그 말이 나올 때마다 내 옆의 남자 동기들이 모범답안처럼 온몸의 각이란 각을 더 잡아댔기 때문이다.

내가 화장을 안 하는 것에도 선배들은 혀를 끌끌 찼다. 방송기자가 외모에 관심이 그렇게 없기도 힘든 일이긴 하다.

대학 1학년 첫 수업 때였다. 한 교수가 강의 시간에 여학생들에게 아침에 화장하는 시간이 얼마나 걸리느냐고 물었다.

"30분이요! 한 시간이요!"

그러자 교수가 말했다.

"너희들의 30분, 한 시간이 평생으로 보면 얼마나 많은 시간이냐. 그동안 남자들은 앞으로 나아가고 있다는 걸 알아야 해."

더 열심히, 더 부지런히 살라는 취지의 발언이었을지 몰라도 나는 속으로 '그래? 그럼 화장 안 하지, 뭐'라고 다짐하며 맨 얼굴로 대학 생활을 마쳤다.

요샛말로 '얼굴평가'가 만연하고 외모를 업무성과와 직결시키기도 하는 방송가에서 맨 얼굴로 뻔뻔하게 살 수 있었던 건 유독 그런 방면에서 무딘 성격도 한몫했을 것이다. 30대로 접어들면서는 엄마가 왜 그렇게 집 앞 슈퍼에 갈 때마저도 루즈를 발랐는지 이해하게 됐고, 이제는 자외선 차단 기능 비비크림을 바르고 주기적으로 눈썹 결을 다듬기도 한다. 그럼에도 화장은 대체로 어쩔 수 없이 하는 귀찮은 행위다. 가끔 뉴스 출연으로 회사 분장실에서 메이크업을 받으면 신기하기도 하고 외모가 조금 나아져 기분이 좋긴 해도 평소에도 그렇게 다니라고 하면 도저히 못할 짓이다.

나는 그렇게 10년을 버텼다. 입사 10년 차가 되어 정신을 차리고 보니, 내 주변으로 밀물처럼 후배들이 들어왔다. 연차가 쌓이면서 이제는 후배를 평가하는 위치로 조금씩 옮겨갔다.

예전의 나처럼 좋고 싫은 게 얼굴에 투명하게 드러나는 후배도, 예외 없이 모든 업무를 자존심과 연결 짓느라 앞에서 다 뱉어내는 후배도 있다. 멀리서부터 후다닥 다가와 곰살맞게 구는 후배도, 날마다 SNS에 화장실 셀카를 올리며 외모와 몸매에 집착하는 후배도 있다. 빠릿빠릿한 후배도, 뭘 시켜도 일단은 빼고 보는 후배도 있다. 부끄러운 고백을 하자면, 나 역시도 선배가 된 후 엘리베이터 앞에서 마주칠 때마다 인사를 하는 둥 마는 둥 하고 스마트폰에 고개를 박는 옆 부서 후배에게 내심 박한 평가를 내리는 옹졸함이 스멀스멀 올라왔다.

그럴 때마다 속으로 생각했다. 회사에서 처음 만나서 잘 알지도 못하는 사람인데 단언하는 식의 평가는 하지 말자. 사회에 첫발을 내딛었을 때 날 향한 평가들에 겉으론 아무렇지 않은 척했지만 사실은 꽤 오래도록 아팠기 때문이다. 넌 참 제멋대로다, 당돌하다, 인사를 안 한다, 사차원이다, 고집이 있다 등등…. 쇼윈도에서 물건 하나 집어보고 쉽게 내려놓는 것처럼 나란 사람에게 무심하게 던진 말들은 끝끝내 상처로 남았다.

사람의 진가는 오래 한 공간에서 지내다 보면 결국엔 드러나게 된다. 태도가 좋은 사람인지 아닌지, 상대를 존중하는 마음이 있는 사람인지 아닌지, 책임감이 있는 사람인지 아닌지. 사람을 대충 보면 어찌 아나. 쉽게 판단하지 않고 기다려주는 사람이 되고 싶다.

회장님,
전 꿈이 없는데요

입사 4년 차가 되던 해, 어느 저녁 술자리였다. 이런 식으로 살고 싶지는 않다고 회사 선배에게 말했다. 불콰해진 얼굴에서 웃음기를 걷어내고 처음으로 퇴사 얘기를 꺼냈을 때다. 선배는 얼마 뒤 내게 뭔가를 내밀었다. 빨간색 틴케이스에 담긴 것은 파버카스텔 색연필 세트. 60가지 색연필이 서로 엇비슷한 색깔과 촘촘하게 이웃하며 누워 있었다.

"너는 무지개 빛깔처럼 다양하게 살아라."

'난 이번 생은 글렀어'란 쓸쓸한 표정이 살짝 스친 것 같았다. 나와 딱 띠동갑인 남자 선배였다. 내가 네 나이라면 도전해볼 거라는 지지와 약간의 부러움이 담겨 있는 선물이었다.

나는 성공이라는 거대한 의미에 나를 희생하기보다 눈에 보이는 구체적인 것을 사랑하며 살고 싶었다. 조직에서 인정받는 것, 남을 제치고 위로 올라가는 것은 아무 의미가 없었다. 맡은 일은 기를 쓰고 잘 해내고 싶었지만 경쟁에서 이기고자 하는 승부욕은 도통 없는 사람이었다. 어쩌겠나, 성격이 운명이라는 말이 있지 않나. 그게 나인걸.

그래서일까. 나는 큰 성취를 이뤄 유명해진 이들보다 오히려 작은 일을 묵묵히 이어가고 있는 이들에게 더 부러움을 느꼈다.

한번은 이모티콘 디자이너를 취재하기 위해 강남의 한 지하철역 근처 카페에 간 적이 있다. 디자이너의 지인이 운영한다는 곳이었다. 밤늦은 시간이라 우리 말고 손님은 없었다. 북카페라고 해도 될 정도로 벽마다 책이 빼곡했다. 한가운데에는 넓은 테이블이 있었다. 주인은 계산대 앞 대신 넓은 테이블에 앉아 조용히 책을 읽고 있었다. 내 나이 또래로 보였다. 소소하지만 제 자리를 지키며 사는 게 나름 운치 있어 보였다. 주인은 한 권의 책을 냈고, 카페 운영은 이번이 처음이라고 했다.

"와, 멋있다. 작가! 거기에다 이런 카페까지! 저 이런 카페 하는 게 로망이에요."

그러자 그는 의외라는 표정으로 나를 쳐다봤다.

"네? 전 TV에 한 번 나오는 게 꿈인데요. 기자님이 부러워요."

순간, 우리는 서로를 바라보며 조금씩 허탈해했던 것 같다.

"기자라고 뭐 별거 없어요."

"카페 한다고 생각 같지는 않더라고요."

우리는 각자 처한 현실을 짧은 말로 푸념했다. 나는 카페 주인에게 나중에 좋은 책을 써서 인터뷰하러 올 일이 생기면 좋겠다는 훈훈한 말을 건네며 대화를 마무리 짓고 헤어졌다.

그를 응원하기 위해 산 블루베리 베이글은 평범한 맛이었고, 아메리카노도 조금 심심했다. 내 자리가 누군가의 꿈이라고 하는 게 영 실감나지 않은 저녁이었다.

꿈이라는 단어를 떠올리면 한 인터뷰 장면이 기억난다.

요새 10대들은 잘 모를 정도로 대우는 이미 역사 속으로 사라진 비운의 재벌 기업이다. 하지만 내 초등학생 시절 학급문고에는 김우중 대우그룹 회장이 쓴 《세계는 넓고 할 일은 많다》가 필독서로 늘 몇 권씩 꽂혀 있었다. 또래들은 저 책을 읽어야 했다(고등학교 때 그런 필독서가 다시 등장하는데, 막노동꾼 출신의 서울대 수석합격자인 장승수가 쓴 《공부가 가장 쉬웠어요》다). 부모들은 하나같이 책을 읽은 아들딸이 '우리 집은 개천이지만 나는 용이 되고 말 거야'란 원대한 꿈을 갖길 바랐다.

"엄마 아빠의 이번 생은 틀렸으니 너희들만은 잘 돼라."

개천 거주민들의 간절한 꿈이었다.

서른 살에 작은 무역회사를 세워 대기업으로 초고속 성장시킨 김우중 회장의 신화는 당시 한국 사회에 이런 불가능에 가까운 희망을 심어주며 가슴을 두근거리게 했다. 지금이야 기업 운영에서 수출이 당연하게 여겨지지만 그때만 해도 글로벌 경영이란 대담한 발상이었다. 주변에 누구 아빠가 대우 다닌다고 하면 부러움을 한 몸에 받았는데 엄마 역시 대우 공장 생산직 근로자인 작은아빠를 부러워하면서 멀쩡한 회사를 뛰쳐나와 이런저런 사업을 벌이던 아빠를 고강도로 타박하곤 했다.

대우그룹은 IMF 외환위기 때 공중분해됐다. 법원이 거액의 추징금을 물리면서 김 회장은 해외를 전전하는 신세로 전락했다. 작은아빠도 그때 일자리를 잃었다. 자연스레 엄마는 더 이상 아빠를 작은아빠와 비교하지 않게 됐다.

그렇게 어릴 적 교실 책장을 거쳐 한창 신문 1면을 채우다가 역사의 뒤안길로 사라진 그 이름이 내 일이 될 줄은 몰랐다. 팀 회의 때 대우그룹 창업 50주년을 앞두고 국내로 온 김우중 회장의 인터뷰를 시도해보라는 지시를 받았다. 과오를 미화해서는 안 되지만 역사의 한 장면을 장식한 산업계 주역으로서 의미가 있었기 때문이다. 우여곡절 끝에 회장 최측근 연락처를 알아내 몇 주간의 설득과 일정 조율 끝에 인터뷰를 하게 됐다.

응접실 문이 열리고 왜소하고 작은 여든셋의 노인이 부축을 받으며 한 걸음 한 걸음 다가왔다. 귀가 잘 안 들리니 크게 말해달라는 부탁을 미리 받은 터라 큰 소리로 인사를 건넸다. 함께 간 부장이 질문을 하고 나는 노트북을 열어 열심히 대화를 기록했다. 우리나라 산업 정책과 정부의 경제 방향에 대한 질문이 주를 이뤘다. 그는 말수가 적었지만 몇 마디 말로도 충분히 사람을 빨아들이는 카리스마가 있었다.

옆에서 나도 몇 가지 질문을 추가로 던졌고, 이만하면 경제면 톱기사는 충분히 쓸 수 있겠다 싶을 때 인터뷰를 마무리했다. 긴장을 풀고 테이블에 놓인 식은 차를 한 모금 들이켰다. 서로 궁금한 게 바닥났는지 대화가 중단됐을 때, 조용히 있던 나는 문득 고개를 들고 물었다.

"그런데요, 회장님, 저는 꿈이 없어요. 저 같은 사람은 어떡해야 하나요?"

중요한 문서를 맡겼더니 "막대사탕과 바꿔 먹었어요."라는 소년 배달부의 말을 들은 듯, 다들 말문이 막힌 표정이었다. 부장이 새파란 후배인 나를 새삼스럽게 쳐다보며 물었다.

"아니, 왜 꿈이 없어?"

고해성사하듯, 나는 절박했다.

"모르겠어요. 전 정말 꿈이 없어요."

김우중 회장은 조용히 조금 웃었던 것 같다.

뭔가 대답을 듣고 싶었는데 그는 아무 말도 하지 않았다. 나에게 '그럼에도 불구하고 꿈을 꾸라'고 했으면(인터뷰에서는 청년들에게 꿈을 크게 가지라고 말했다) 대들었을지도 모르겠다. 속으로는 웬 젊은 여기자가 인터뷰 와서 풋내 나는 말을 한다고 생각해서 아예 입을 다물었을지도 모른다. 그래도 차라리 말을 하지 않은 그의 조용한 미소가 그 순간에는 위로가 됐다. 여전히 질문에 대한 답은 듣지 못했다.

세상은 넓고 할 일은 많다는 건 알겠는데 딱히 내가 하고 싶은 일은 없었다. 누가 나에게 꿈을 가지라고 말할 수 있을까. 누가 자신 있게 어떻게 살라고 말해줄 수 있을까. 대학 때 《고도를 기다리며》를 읽으며 특정할 수 없는 뭔가가 내 마음을 울렸다. 무엇을 기다리는지도 모르고 내가 처한 환경에 답답해하며 무엇보다도, 그런 나 자신을 답답해하며. 목적 없이 사는 것 자체가 힘겨웠던 내 처지와 비슷해 보였다.

에스트라공 : (불안하게) 그런데 우리는?

블라디미르 : 뭐라고?

에스트라공 : 그런데 우린 어떻게 되는 거냐고?

블라디미르 : 그건 또 무슨 소리야?

에스트라공 : 그 일에서 우리의 역할은 뭐냔 말이다.

블라디미르 : 우리의 역할이라니?

에스트라공 : 생각을 해보라고.

블라디미르 : 우리의 역할이라? 그야 탄원자의 역할이지.

에스트라공 : 그 정도야?

_ 사무엘 베케트, 《고도를 기다리며》

나는 아마도 그때 그 자리에서 이렇게 말하고 싶었던 것 같다.

"회장님이 방금 말씀하셨잖아요. 지금 와서 가장 후회하는 게 젊은 날에 가족과 시간을 같이 못 보낸 거라고. 그런데요, 치열하게 꿈을 향해 전력질주 하면서도 가족과 일상을 함께할 수 있는 일이란 게 진짜 있을까요? 모르겠어요. 못 찾겠어요. 그런데도 계속 궁금한 게, 꿈이라는 거창한 걸 꼭 꿔야 할까요?"

그 인터뷰로부터 2년이 지난 지금 나는 뭐가 달라졌나. 아직도 꿈을 찾지 못했다. 그래도 이제는 이 상황을 조금 기꺼이 받아들이게 됐다. 내 역할이 주인공이 아니라 억울한 사정을 하소연하고 도움을 청하는 탄원자 정도의 역할이어도 괜찮다. 사랑하는 사람과 함께하는 것에 행복을 느끼는 것이 충분히 삶의 이유가 됐다고 느끼기에. 특별하지 않다는 것이 삶의 이유가 없다는 말은 결코 아니란 걸 해가 지날수록 더 짙게 확신하게 된다.

조직에서 톱은
어떻게 되는가

2006년 MBC 신입사원 합숙연수는 대부분 지루한 수업으로 채워져 있었다. 기자, 피디, 아나운서, 방송기술 등 모든 직군이 골고루 섞여 조가 짜였다. 매일 쪽지시험과 참여 태도 등이 점수로 매겨졌다. 수치화된 평가 시스템은 출발선부터 조금이라도 튀고 싶어 하는 초짜 방송쟁이들의 경쟁심을 마지막 한 방울까지 짜냈다.

수업은 이런 식이었다. 내가 누군지 원고지 한 장에 써 내라, 한 시간 안에 조별 안무를 짜서 무대에서 선보여라, 회사를 먹여 살릴 프로그램을 구성해 프레젠테이션을 하라. 한마디로 막무가내 미션들이었다.

내가 누군지 쓰라는 미션에 나는 그저 한 시간 동안 원고지를 노려보기만 하다가 자아성찰→자기비하→자기연민→현실부정→가수면(눈뜨고 자는 잠) 단계까지 나아갔다. 이 와중에도 특출한 신입사원 몇몇은 재기발랄함으로 우리의 질투와 부러움 섞인 눈길을 받았다. 나중에 들어보니 나는 그해 50~60명 되는 신입사원 중 4등을 했다고 한다. 그때까지만 해도 점수를 매기기 시작하면 일단 잘해보려는 마음이 강했던 것 같다.

신입사원의 열정에도 불구하고 줄줄이 이어지는 지루한 연수 강의에 하나둘 지쳐가고 있을 때였다. 갑자기 주위가 웅성웅성했다. 손석희 선배였다. 아니, 정확히 말하면 선배는 아니었다. 당시 그는 아나운서국장을 끝으로 이미 MBC를 퇴사했을 때였으니 말이다. 그래서 더 아쉬운 마음에 우리는 그가 등장할 때 선망에 가득 찬 박수갈채를 보냈다. 학창시절 혼자 짝사랑했던 연예인을 드디어 눈앞에 마주한 심정이랄까. 그 초청 특강은 연수 일정 중 가장 집중도가 높았다.

지금은 오래돼 강의 내용이 희미해졌지만 기억에 남는 말이 하나 있다. '어떻게 하면 최고가 될 수 있는가'를 말할 때였다. 전쟁터에서 승리하고 무공훈장을 싹쓸이해 레전드가 된 장수가 신참 장수들에게 어떻게 하면 아비규환 전쟁터에서 살아남고 자신을 지켜낼 수 있을지를 말하고 떠나는 것처럼 비장했다. 다른 시간엔 졸기 바빴던 우리는 그의 말에 허리를 곧추세웠다.

"나 혼자 잘해서 잘될 수 있는 일이란 건 없습니다. 특히 방송사 안에선."

그는 1분 30초짜리 뉴스를 만들 때 취재기자와 카메라기자, 편집기자, 오디오맨(촬영보조), 운전기사까지 모두가 최선을 다할 때 좋은 작품이 나온다고 했다. 팀원 모두가 자기 역량을 다할 때 베스트가 탄생한다는 얘기였다. 취재차량 기사가 자신의 노하우를 동원해 가장 빠른 길로 사고현장에 도착해 훌륭한 사건 리포트가 나올 때도 많았다고 했다.

그런데 이것은… 음, 뭐랄까, 특급 레시피를 공개한다고 해서 찾아갔더니 기껏 알려주는 말이 '신선한 재료로 정량을 재서 적정한 조리시간만큼 요리하시오'와 뭐가 다른가. 고개를 끄덕거리면서도 김이 좀 새는 순간이었다.

어쨌든 나를 포함한 그 해의 신입사원들은 무사히 연수를 수료하고 필드에서 뛰기 시작했다. 매일같이 버라이어티한 취재거리가 쏟아졌고, 어제 아무리 잘해도 오늘 못하면 된통 깨지는 억울한 날이 무한 반복됐다. 그러던 어느 날, 한창 이거 찍고 저거 찍고 인터뷰까지 하다 보니 시곗바늘이 오후 1시 반을 넘어 2시를 향하고 있었다. 순간 운전기사 형님이 나 들으라고 혼잣말을 했다. 혼잣말치곤 좀 (많이) 큰 소리로.

"아, 배고파. 밥은 먹고 해야 될 거 아니여-어!"

아차, 싶었다. 지금 나 혼자 일하고 있었구나. 넷이서 일을 나왔는데 나 혼자서 몰아붙이고 있었구나. 지금 하는 일이 허기를 두 시간 참을 만큼 중요한지 현장에 같이 있는 팀원들에게 동의와 이해를 구하지 않았구나. 그땐 잘 몰랐지만 점심때를 놓치면서까지 하지 않아도 될 일이었다. 밥 먹고 한다고 해서 허탕 칠 일도 아니었는데 초심자의 조급증으로 몰아붙이고 있었던 거다. 손석희 선배가 단단하게 힘주며 했던 말의 속뜻이 그제야 드러났다.

'너 혼자 하는 일은 없다.'

그건, 중요한 일을 하는 사람과 사소한 일을 하는 사람이 나눠져 있지 않다는 말이었다.

그건, 일로 만나는 모든 사람을 허투루 대하지 말라는 말이었다.

뉴스 제작도 힘들지만 드라마를 만드는 노동 환경은 특히 빡세기로 악명 높다. 날밤을 새고 다음 날 또 열여덟 시간을 촬영하는 등 근로 여건이 매우 열악하다. 그래서 크고 작은 안전사고가 유난히 많고, 과로사가 의심되는 사망 사고까지 난다. 슬픈 노동의 사슬을 견디다 못해 스스로 목숨을 끊는 비극도 있었다. 한 조연출이 자살 전 마지막으로 남긴 유서에는 "원하는 결과물을 만들기 위해 이미 지쳐 있는 노동자들을 등 떠밀고… 그것은 내가 가장 경멸했던 삶이기에 더 이상 이어가기 어렵다."는 비통함이 담겨 있었다.

조직에 있다 보면 나도 모르게 가해자가 되기도 하고, 피해자가 되기도 한다. 누군가를 부속품처럼 대하다가도 어느샌가 정신 차리고 보면 내가 소모품처럼 쓰다 버려졌다고 느낄 때도 있다. 각성하지 않으면 비극은 너무나도 가까이에 있었다.

> 조직은 계약서에 적힌 규칙과 통제로만 움직이지 않는다. 일에 대한 책임감, 동료에 대한 연민과 우정, 조직에 대한 소속감, 인간의 선함과 약함에 기댄 관행들을 제거하면 조직은 멈춘다.

웹툰이 원작인 드라마 〈송곳〉에 나온 독백이다. 조직이란 게 얼마나 구성원을 착취하는지를 보여주는 말인 동시에, 회사 조직이 어떻게 돌아가고 있는지 적나라하게 보여주는 말이다. 조직은 공유와 연대로 돌아가고 있다. 그것을 얼마나 잘하는지 여부에 따라 누구나 인정할 만한 톱이 될 수 있는지 없는지가 달려 있다. 나는 톱은 되지 못했고, 앞으로도 영영 되지 못할 것 같다. 하지만 모든 일이 누구 한 사람으로 돌아가지 않는다는 것은 내가 일하며 빚진 많은 인연을 떠올려보며 선명하게 알게 되었다.

정확한 질문을 던져야
정확한 답을 얻는다

사회부 기자 때 얘기다. 오랜만에 길에서 외사과 경찰을 만났다. 미군 택시강도 사건을 취재하면서 한때 친했던 사이다. 나는 안부를 묻는 그에게 "나 기자 그만둬버렸어!"라고 말했다. 절반은 진짜였다. 퇴사 (희망) 디데이를 (마음속으로) 정해놓고 카운트하던 시기였기 때문이다. 그러자 돌아온 말을 잊을 수 없다.

"거짓말."

"진짠데!"

"거짓말이야. 눈에 아직 살기가 있거든."

살기. 독살스러운 기운. 남을 해치거나 죽이려는 무시무시한 기운. 사전에서 본 뜻이 내 짐작보다 훨씬 무시무시하다.

그렇게 살기 돋던 초짜 기자 때는 이런 일도 있었다. 열심히 취재를 나갔다가 회사에 복귀했는데 누군가 나를 불렀다. 취재현장에서 떠난 지 오래돼 뒷방 늙은이라고 생각하고 있던 B부장이었다. 부장은 편집실에서 내가 찍어온 영상을 틀었다. 그러더니 인터뷰 장면을 다시 한번 보라고 했다. 인터뷰이(인터뷰를 받는 사람)가 얼굴 공개를 거부해서 뒷모습으로 찍고, 기자인 내가 그 말을 듣는 모습이 나온 평범한 컷이었다. 뭐가 문제인지(또 뭘 꼬투리 잡는 거지?) 싶었다.

"네 표정을 봐봐라."

"네?"

"표정에 지금, 당신은 거짓말을 하고 있소, 하고 쓰여 있잖아."

그랬다. 난 인터뷰이를 못마땅한 얼굴로 쳐다보고 있었다. 어쩌면 눈에선 살기도 조금 엿보였을 것이다. 해명을 듣는 인터뷰였다. 나는 이미 결론을 내린 상태에서 말을 듣고 있었던 것이다. 마음을 간파당하자 부끄러워서 얼굴이 화끈거렸다.

표정을 못 숨기는 버릇은 현장을 누비며 조금씩 다듬어졌다. 가장 주요하게 익혔던 건 인터뷰하는 기술이었다. 그건 한마디로, 질문을 잘 던지고 잘 듣는 법이었다.

내가 아는 한 기자 선배는 인터뷰만 하면 그렇게도 상대를 울린다. 윽박지르는 게 아니라 마음을 열어 눈물을 흘리게 하니, 엄청난 재능이다. 나는 그런 재능을 갖지 못했다. 또 어떤 기자 선배는 지레 겁먹고 다들 포기하는 인터뷰를 어떻게든 결국 따낸다. 그게 좋을 때도 있지만 도를 넘을 때도 있다. 경찰서 피의자에게 인터뷰를 조리 있게 잘 못한다고 호통을 치며 마이크를 던져버렸다는 말을 듣고 그는 내 기준에서 최악의 '구악舊惡 기자'로 분류됐다.

인터뷰를 할 때 상대가 긴장해서 말이 엉키거나 잘 못하는 때가 있다. 계속 같은 질문을 하면 수렁에 빠지고 땀을 한바가지 쏟는다. 그럴 땐 조금 방향을 바꿔 다른 질문을 가볍게 던진다. 아니면 질문을 더 좁혀서 물어본다. 그러면 대부분은 다시 웃음기를 찾으면서 말한다. 자신감을 되찾았을 때 아까 꼬였던 질문을 던지면 그땐 어렵지 않게 술술 풀린다.

어른이 되어서는 질문하는 사람이 됐지만 나 역시 정확한 답을 못해 곤란했던 경험이 있다. 어릴 적 나는 부모님을 실망시키지 않으려고 애썼지만 당연히 공부보다 노는 것을 더 좋아했다. 그러던 어느 날 갑자기 엄마에게 문제집 검사를 받게 되었다. 문제집을 사서 펼쳐 보지도 않았던 터라 부랴부랴 방문을 잠그고 답안지를 베끼기 시작했다. 적당히 몇 개는 빨간 색연필로 틀렸다고 표시했다. 너무 많이 틀리면 엄마가 싫어하니까 두 페이지에 한 개 정도? 현실성을 높인 완전범죄였다. 문제집을 엄마에게 주고 한 5분쯤 지났을까, 엄마가 나를 다시 불렀다. 문제집의 한 페이지가 펼쳐져 있었다. 뭐가 잘못된 거지? 엄마는 동그라미 친 국어 문제를 손가락으로 가리키며 물었다.

"이게 정답이야?"

"응, 맞아. 이게 답이야."

빨간 색연필 동그라미 안에는 [생략]이라고 또박또박 써 넣은 내 글씨가 있었다. 그 말이 무슨 뜻인지 몰랐던 나는 'ㄱ에 대한 생각을 쓰시오'란 문제의 답란에 답안지를 그대로 베껴 쓰고 만 것이다. '넷이나 낳았는데 너마저…' 하는 좌절감이 엄마의 표정을 스쳤다(거, 출판사 분들. 답안지 좀 성의 있게 만듭시다).

가만 보면 인생은 답안지에 '생략'이라고 쓰인 문제집 한 권이다. 정답지는 있는데 그 정답이 무언지 찾아보면 생략이라는 허무하게 텅 빈 두 글자만 덜렁 쓰여 있는 아주 값비싼 문제집이다. 정답이 생략된 것을 잠깐 욕하고 나서는 고단하고 귀찮지만 결국 우리가 나서서 '나만의 정답'을 하나씩 만들어야 한다. 여기서 정확한 답을 얻으려면 질문의 범위를 조절해야 한다. 질문할 때는 조금이라도 더 정확한 질문부터 던지려고 애써야 한다. 구체적인 질문을 해야 구체적인 답이 나오기 때문이다. 자기 연민에 휩싸인 모호한 질문만 하다 보면 영영 답을 찾지 못하고 허우적대게 된다.

얼마 전 〈괜찮아요, 미스터 브래드〉란 영화를 보면서 은은한 감동을 받았다. 비영리단체에서 일하는 평범한 가장 브래드가 잘나가는 대학 동창들의 SNS를 보면서 열등감을 느끼다가 아들의 대학 면접에 동행하는 이야기다. 그런 아버지에게 아들은 말한다. 타인은 다른 사람에게 관심이 없다고. 자기 자신만 신경 쓰기 때문에. 그제야 아버지는 처음으로 구체적인, 그래서 똑바로 된 질문을 한다.

"그럼 너는 어떤데?"

아들은 아버지를 바라보며 담백하게 말한다.

"사랑해."

아버지는 그렇게 잘못된 답을 버리고 자신의 삶을 긍정하며 방향을 잡는다. 주인공은 너무 소박하고 뻔해서, 비루한 내 마음을 어루만져준 마지막 독백을 하며 그제야 한발 앞으로 나아간다.

"나와 그 아이의 미래를 그려본다. 보이지 않는다. 그냥 길을 걷는 우리 부자가 있다. 우린 여전히 살아 있다."

찍는 사람에서
찍히는 사람으로

요가 선생님이라고 하면 팔다리 늘씬하고 볼륨감 있는, 판타지에 가까운 젊은 여성이 떠오른다. 온몸에 쫙 달라붙는 요가복 때문에 눈은 어디에 두어야 할지 모르겠다. 요가원에 처음 발을 들이기까지 이 선입견 때문에 큰 용기가 필요했다. 내가 점찍은 요가원은 집 근처 상가 건물 6층. 1층의 작은 이자카야를 아지트 삼아 밤마다 뻔질나게 드나들던 때여서 연둣빛 요가원 간판이 자연스럽게 눈에 들어왔다.

숙직 근무를 하고 일찍 퇴근한 날, 큰맘 먹고 요가원 문을 열고 들어갔다. 과연 화려한 색상의 요가복을 입은 강사가 홀로 앉아 있었다.

"제가 몸이 뻣뻣한데요, 요가를 한번 해볼까 하는데…."

쭈뼛대며 말하자 강사는 갠지스 강 같은 잔잔한 미소를 지어 보였다. 나중에 알고 보니 대학생과 재수생, 두 아들이 있는 중년 여성이었는데 아무리 봐도 열 살은 족히 어려 보였다.

"요가는 누구나 할 수 있어요. 처음엔 할 수 있는 만큼만 따라하시고요. 적어도 1년은 꾸준히 해야 동작을 안정적으로 하실 수 있어요."

겁먹은 것과 달리 요가는 점점 생활의 낙이 되었다. 처음엔 어림없던 자세가 몇 주 뒤면 그나마 비슷하게 됐다. 한쪽 다리를 다른 쪽 허벅지 안쪽에 갖다 붙이고, 합장한 손을 하늘로 뻗을 때면 흔들리지 않는 것만 생각했다. 다리가 바닥에 뿌리 내리기를. 하늘에서 누군가 내 손을 끌어 당겨주듯 빳빳했으면.

가장 좋아하는 요가 자세는 사바아사나Savasana. 사바아사나를 하는 맛에 요가를 했다고 해도 과언이 아니었다. 수업이 끝날 때쯤이면 항상 송장자세라고 부르는 사바아사나를 했다. 말 그대로 죽은 사람처럼 눕는 것이다.

"요가 매트는 실제 관 크기와 비슷해요. 그 안에 편하게 누워서 긴장을 풀고 온몸의 근육을 이완하세요."

5분의 사바아사나 시간. 눈을 살며시 감고 편안하고 자연스럽게 호흡에만 집중한다. 이때 선생님은 조용히 돌아다니면서 몸이 삐뚤어져 있거나 얼굴에 인상을 쓰고 있으면 가볍게 풀어준다. 나는 매번 미간에 힘이 잔뜩 들어가 있다며 지적을 받았다. 그렇게 누운 요기yogi와 요기니yogini 들은 점차 긴장이 풀리면서 가볍게 코를 골다 제풀에 놀라 몸을 부르르 떨며 깨곤 했다.

2014년 10월 17일. 이날도 사바아사나를 하며 잠에 조금 취할락 말락 하고 있었다. 그때 옆에 둔 휴대폰 불빛이 반짝였다. 엄마에게서 온 전화였다. 원래는 휴대폰을 탈의실에 두고 요가 수련을 해야 하지만 퇴근하고 나서도 사건이 터지면 전화로 취재를 해야하는지라 요가 매트 옆에 무음 모드로 휴대폰을 뒀다. 이따 수련 끝나고 전화해야지 하는데 또다시 깜빡이는 불빛. 이번엔 엄마의 문자 메시지였다.

'장례식장으로 지금 출발한다. 연락 줘.'

판교 환풍구 사고는 내가 퇴근하기 전부터 속보로 떠서 알고 있었다. 자극적인 빨간색 헤드라인에 담긴 사상자 숫자는 방송사마다 경쟁하듯 늘어만 갔다. 경제부였던 나는 사무실에서 뉴스를 보면서 '한심한 행정 어쩌고 한참 두드려 맞겠네', '사회부 애들 고생 좀 하겠다'고 생각했다. 대형 사건사고가 터질 때 경제기사는 뉴스에서 밀리기 때문에 이날도 기사가 갑자기 줄면서 평소보다 오히려 일찍 퇴근했다.

사고의 사망자는 열여섯 명, 부상자는 열한 명이었다. 친척동생은 판교 테크노밸리에 입주한 게임업체에 갓 입사한 서른 살 신입사원이었다. 나중에 들으니 친구와 둘이서 의기투합해 게임을 개발하다가 힘에 부쳐서 게임회사로 취직했다고 한다. 막내 외삼촌의 막내 아들. 그러니까 외가의 가장 막둥이였다. 눈이 송아지처럼 동그랗게 크고 어릴 적부터 유독 외할머니 치맛자락에서 떨어지지 않았다. "누나, 누나." 하면 무슨 부탁이라도 들어주지 않을 수 없는 선한 인상의 아이였다.

장례식장은 햇살이 들지 않는 지하 1층에 있었다. 계단으로 내려가는 발걸음이 무거웠다. 그 자리에서 몸을 돌리고 싶을 정도였다. 영정사진은 딱 봐도 입사 증명사진이었다. 하필이면 샛노란 피케셔츠를 입고 찍은 사진에는 그 아이의 밝음이 그대로 묻어나 있었다. 젊디젊은 막내 아들을 앞세운 숙모의 통곡이 몸을 휘감듯 거센 물결을 이루며 빈소를 채우고 있었다. 숙모의 팔과 다리는 허공을 거칠게 휘저으며 처절하게 아들을 찾고 있었다. 가족들은 차마 그 팔다리를 잡으려는 시늉조차도 못했다. 그 모습을 본 이들은 모두 눈시울이 뜨거워졌고, 깊은 슬픔에 고개를 빈소 밖으로 돌려 벌게진 눈으로 천장만 바라봤다.

보상 논의를 마쳐야 장례 절차에 들어가겠다는 다른 피해자 유가족과 달리 외삼촌과 숙모는 아들을 그저 편안히 하늘나라로 보내주고 싶어 하셨다. 그렇게 피해자 중 처음으로 발인을 했다. 처음이다 보니 언론의 관심이 쏠렸다. 기자는 기자를 쉽게 알아본다.

표정만 봐도 기자를 안다. 녹취를 당하는 줄도 모르고 빈소 근처에서 기자와 말을 섞고 있는 순진한 친척 어르신의 팔을 잡아 끌어당겼다. 수첩 아래 와이어리스 마이크를 들고 있던 기자는 훼방꾼 때문에 못내 아쉽다는 듯 입맛을 다시며 걸음을 돌렸다. 그 기자의 뒷모습은 생각할 겨를 없이 돌진하듯 살아온 내 자신을 거울로 보는 것 같았다.

영정사진을 들고 운구차량에서 내리자 바로 앞에서 방송 카메라가 우리를 찍고 있었다. 화가 솟구치는 순간, 다시 보니 우리 회사 후배였다. 후배 카메라기자도 유가족 무리에 껴 있는 나를 보고 놀란 표정이었다.

"야, 내 친척동생이야. 그만 찍고 가."

나는 유가족들이 예민하니까 촬영을 하지 말라고 했다. 후배는 난처해했다. 그럼 화장터에서 멀리 떨어져서 줌으로 당겨 찍든지 하라 하고 자리를 떴다. 그 와중에도 초췌하고 입술이 갈라진 내 모습이 후배에게 어떻게 보일까, 슬쩍 신경이 쓰이기도 했다. 인간이란 이렇게 철저히 자기중심적이다.

결국 그날 뉴스에는 운구 행렬을 멀리서 찍은 영상이 나갔다. 뿌옇게 모자이크가 돼 있었지만 영정사진 속 샛노란 빛깔만 봐도 마음이 미어졌다. 기자란 나의 직업이 그동안 얼마나 많은 이들의 마음을 미어지게 했을지, 그들에게 미안해지면서 가슴 안쪽에서부터 뜨거운 게 올라왔다.

잿더미로 변한 화재 현장에서 뭐 좋은 구경났냐며 성마른 고함을 치던 가게 주인. 졸음운전으로 고속버스 사고가 났을 때, 열댓 명의 동료 기사들이 사고 잔해를 에워싸면서 찍지 말라고 소리쳤던 새벽의 고속도로. 폴리스 라인 너머 한 컷이라도 더 찍으려고 할 때, 가슴 찢어지며 지켜봤을 피해자 가족들.

이후 나는 제자리로 돌아왔다. 아니, 그러지 못했다. 나는 이제 머리 위로 뭔가 매달려 있으면 불안해서 지하철역에 달린 열차 정보판도 피해서 걷게 됐다. 길가의 환풍구도 밟지 않게 됐다.

그리고 그렇게 좋아하던 요가와도 멀어지게 됐다. 요가 매트에 누워 송장자세로 편안함을 느끼고 있을 때 친척동생은 육신이 훼손된 채 생을 마감하고 있었다고 생각하니 요가원에서는 늘 마음이 착잡했다.

'석범아, 뒤돌아보지 말고 좋은 세상으로 가. 울지 말고 잘 떠나가라.'

요가원은 그대로 평화로웠지만 나는 사바아사나에 쉬이 들지 못했다.

나의 사소하지만
부끄러운 시간들

"얼굴 빨개지면 무조건 지는 거야."

친구는 나에게 말했다. 부러우면 지는 거란 말은 들어봤는데 이 건 또 뭐지. 감정을 드러내 흥분하기 시작하면 그때부터 상대에게 페이스가 말리기 시작하고 결국 지게 된단다.

안타깝게도 나는 볼이 잘 빨개지는 편이다. 언젠가 성형외과와 불법 대부업체의 검은 커넥션을 취재하러 성형외과에 갔다. 어쩔 수 없이 손님으로 위장해 '견적'을 뽑아야 했다. 병원 상담실장은 볼이 사탕 문 것처럼 통통하다며 볼 안쪽 지방을 빼내야 한다고 했다(옆 광대도 좀 쳐내야 한다고도 했다. 그런 무시무시한 말을 텔레마 케터 인사말처럼 가볍고 기계적인 '솔' sol 톤으로 하다니!).

어찌됐든 그렇게 볼 면적이 넓다 보니 빨개질 때 어쩔 수 없이 티가 많이 난다. 남편은 "너 김치만두 됐다."고 놀렸다. 타고난 걸 이제 와 어떻게 하나. 난 원래 잘 빨개진다고 항변해도 친구는 태연히 재차 강조한다.

"상대가 흥분할수록 더 차가운 표정에 낮은 목소리로 대응하는 게 진짜 어른이야."

그런데 단순히 당황해서 그러는 거 말고, 볼이 제대로 불타오르더라도 부끄러워야 할 순간에는 온전히 부끄러워하는 것이야말로 진짜 멋있는 어른이라고 생각한다. 뭐가 옳고 그른지, 뭐가 자연스러운 것인지, 양심이 잘 작동하고 있는지를 알 수 있는 증거가 바로 부끄러움이라는 감정이지 않을까? 몸으로 체화돼 있어서 외면하려야 할 수 없는 것, 그게 내가 생각하는 부끄러움이다.

◇◇◇

2만 6000원짜리 짬뽕 한 그릇은 뭐가 다를까.

호텔 고층 중식당에 앉아서 창 너머로 전망을 내려다봤다. 빌딩 숲이 한눈에 들어왔다. 횡단보도를 오가는 회사원들은 일정한 속도로 이동하며 무채색 흐름을 만들어내고 있었다. 위에서 내려다보는 맛에 권력자들이 초고층 건물을 짓는다는 건축학자의 말이 조금은 실감이 났다. 평일 대낮에 이런 꼭대기 층에서 아래를 내려다보며 식사하는 게 바로 권력이구나. '뷰view가 끝내준다'는 말은 이럴 때 쓰는 거구나 싶었다. 문득 정신을 차린 건 누군가의 뜬금없는 고백이 시작되어서였다.

"저는 행복하지 않아요."

함께 식사 중인 홍보 담당 임원의 말이었다. 그는 중학생이 된 아들을 지방의 한 대안학교에 보내기로 했다면서 아들이 하고 싶은 거 하며 내키는 대로 살았으면 좋겠다고 했다. 자신처럼 살게 하고 싶지 않단다. 남들이 다들 부러워할 만한 대기업에서 억대 연봉을 받고 있는 그의 뜬금없는 불행 고백에 분위기가 갑자기 숙연해졌다.

말하자면, 그 자리의 모두는 사실 행복하지 않았다.

우리는 자신의 소중한 한때를 담보로 잡힌 채 회사에서 맡긴 일을 성실하게 해내기 위해 취재원과 기자 신분으로 한자리에 모여 값비싼 짬뽕을 먹고 있었다. 일에서 어떤 보람을 찾는다면 그것은 의무감과 책임감 때문일 뿐 별 즐거움은 없었다. 내 자녀에게는 물려주고 싶지 않은 삶이었다. 권력자의 기분에 잠시 취해 있다가 퍼뜩 현실을 깨닫고 초라함을 느끼는 순간이었다. 그의 고백 이후 우리는 일 이야기를 멈추고 잠시나마 서로의 삶을 위로했다.

나는 과하게 해물이 쌓인 짬뽕을 바라보았다. 뻘건 국물을 떠먹고 싶었다. 거추장스러울 만큼 산더미처럼 쌓인 해물을 숟가락으로 조심스럽게 헤집었다. 국물 대신 칼집이 촘촘하게 난 오징어 한 조각을 떠서 질겅질겅 씹었다. 조금 전만 해도 그렇게 좋았는데. 이제는 밖과 단절된 게 답답했다. 무언가가 떠다니는 듯 공기도 눅눅해졌다.

아, 밖에 나가서 내가 좋아하는 롯데리아 새우버거 한 개 사 들고 빌딩 사이 작은 공원에 앉아 버거를 크게 베어 물고 싶었다. 고소한 타르타르소스가 묻은 입가를 손등으로 쓰-윽 닦고 일어나 무리에 섞여 걸어 다니다가 한 시가 다 돼가면 일터로 돌아가고 싶었다. 내가 어떤 권력자의 뷰 따위가 될지언정 그저 햇볕을 바로 머리 위에서 쪼이면서 천천히 저벅저벅 걷고 싶었다.

◇◇◇

아무리 역사적인 순간을 취재하더라도 어금니 치통이 있으면 집중할 수 없다. 유명인사를 단독으로 인터뷰하고 있더라도 화장실이 급해서 정말이지 당장이라도 쌀 것 같으면 그 순간의 의미는 뒤로 밀린다.

이것은 그냥 머릿속에서 상상만 해본 최악의 상황이 아니다. 살면서 이런 비슷한 일은 드물지 않게 일어났다. 1년에 한 번 잡을 수 있는 중요한 저녁 술자리가 있었다. 생사여탈권까지는 아니지만 잘 보이면 회사 생활이 편해질 수 있었다. 술자리에 늦지 않도록 눈이 뻐근할 정도로 일을 몰아붙여 서둘러 마무리 지었다.

짐을 챙겨 나오면서 화장실에 들렀는데 이게 뭐지? 소변 줄기가 나오자마자 갑자기 아랫배가 누가 대못으로 마구 찌르듯 아팠다. 힘들게 일어나 변기를 보니 핏빛 액체가 보였다. 소변이 빨갰다. 아… 드디어 큰 병에 걸렸구나. 젠장, 내 언젠가 이럴 줄 알았다. 머릿속이 하얗게 변했다. 술자리에 갔지만 옆에서 누가 말을 걸어도 아무 말도 들리지 않았다. 암인가? 아무래도 그런 것 같다. 무슨 암일까? 앉은 지 15분이 안 돼 죄송하다고 중얼거리듯이 말하고 자리에서 벌떡 일어나 밖으로 나갔다. 그날 밤 나는 화장실 변기에 고꾸라지듯이 상체를 웅크리고 앉아서 고통보다 더한 절망에 빠졌다.

날이 밝자마자 병원에 가서 검사를 받아보니 병명은 싱겁게도 방광염. 약을 먹자 거짓말처럼 통증이 사라졌다. 죽을병에 걸린 줄 알았던 나는 안도감이 들면서도 조금은 김이 샌 기분이었다. 아, 어제 그 자리에서 좀 참아볼걸! 그렇지만 이미 지난일을 어쩌겠나. 어제는 변기 속 혈뇨만이 가장 심각하고 중요했는데.

대단해 보이는 인생이라도 사실은 사소한 것들이 더 먼저다. 어떤 목표와 꿈을 갖든 일단은 현실적인 것들이 먼저 해결돼야 한다. 나는 당장의 사소한 것들을 해치우느라 내가 과연 잘 살고 있는지 감이 오지 않는다. 내가 살고 있는 이 시대도 어떤 시대인지 잘 모르겠다. 사소한 문제들이 밀린 숙제처럼 늘 내 앞에 있기 때문이다. 그러나 그 사소한 걸 해결하면서 사는 것이 어쩌면 인생 그 자체인지도 모르겠다. 인생이란 그런 거야, 생각하니 평범한 내 인생이 조금 위안을 받는다.

◇◇◇

첫 직장 퇴사를 일주일도 채 안 남겼는데 갑자기 나를 콕 집어 제보전화 한 건이 들어왔다. 짧게 쓴 내 기사를 보고 연락을 했단다. 우울증을 앓던 병사가 부대 내에서 스스로 목을 매 숨졌다는 세 문장으로 된 30초짜리 사건 기사였다. 연락을 받고 교외의 낡은 커피숍으로 갔다. 머릿기름에 삭아서 군데군데 내피가 드러난 인조가죽 소파와 싸구려 원목무늬 시트를 바른 칸막이들 때문에 다방이라고 불러도 하나도 억울하지 않을 곳이었다.

나타난 이는 사복을 입은 까까머리 20대 청년. 자신을 자살한 이등병과 같은 부대원으로 소개했다.

"지금부터 하는 얘기는 몰카나 녹취, 절대 안 됩니다, 기자님."

"알겠어요."

"혹시나 모르니까 각서를 써 왔어요."

그는 미리 준비한 각서와 새빨간 인주를 들이밀었다. 조그만 디지털카메라를 꺼내 내 얼굴도 찍었다. 여차하면 녹음기를 숨겼는지 몸수색까지 할 기세였다. 숱한 취재원과 제보자를 만났지만 내 사진을 찍고 각서에 지장까지 찍게 할 정도로 경계하는 제보자는 처음이었다.

그는 낮은 목소리로 털어놓았다. 사실 그 이등병은 부대 내 괴롭힘을 못 견뎌 목숨을 끊었고, 얼마나 괴롭힘에 시달렸는지를 펜으로 자신의 팔뚝에 줄줄이 적었다는 것이다. 자신은 그 사실을 알고 있는데 정작 그 얘기는 쏙 빠지고 그저 군에 적응 못해 자살한 것처럼, 가족사가 불우해 목숨을 끊은 걸로 보도가 되니 이건 아니다 싶어 제보를 했단다.

그는 그 사실을 입증하기 위해 어떠한 것도 제공해줄 수 없다고 했다. 그리고 창밖으로 시선을 돌리더니 먼저 자리를 툭 털고 일어났다. 5분 만에 첩보 작전하듯 자기 할 말만 하고 사라진 것이다. 나는 소파에 한참을 멍하니 앉아 있었다.

하루 이틀에 취재될 사안이 아니었다. 군에서도, 병원에서도 부인했다. 군 취재는 보안을 이유로 정보 접근 자체가 굉장히 제한돼 있었다. 부대원 중 누가 괴롭혔는지도 알지 못해서 실마리를 잡을 수도 없었다. 사실 확인도 안 거치고 낼 순 없었다. 막막했다. 제보자가 혹시 장난을 쳤거나 거짓말을 한 건가 하는 생각까지 들면서 머릿속은 뒤죽박죽 엉켰다.

무엇보다도 나는, 내일모레 회사를 그만둘 사람이었다. 다음 주 출발하는 영국행 비행기 티켓까지 끊어놓은 상태였다. 결국 퇴사를 하루 앞두고 인수인계를 하며 선배 기자에게 제보 건을 빠짐없이 설명했다. 제보자 신원을 알 수 없으니 다른 루트로 취재를 이어가서 꼭 알아냈으면 좋겠다고 말했다.

　하지만 숱한 제보들이 그랬던 것처럼 결국 그 건은 팩트 부족으로 세상 밖으로 기사화되지 못했다. 나와 내 동료는 그 제보의 진위를 밝히지 못했다. 사실 여부를 떠나 그때의 부족했던 나에게 부끄러움을 느낀다. 다시 그 군인, 이제는 30대가 되었을 그 젊은이를 우연히 길에서 만나게 되면 내 얼굴은 타들어가듯 심하게 붉어질 것이다.

2

——

오늘도 참고
말았습니다

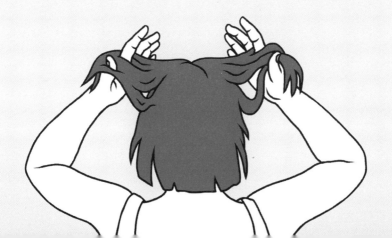

타인의 일상을
가장 가까이에서 살피는 일

가만있자 벌써 아침인가? 6시 반 알람이 울리면 머리맡에 손을 뻗어 휴대폰을 집어 든다. 눈이 빛에 적응 못해 미간이 잔뜩 찌푸려지지만 기어이 실눈을 뜨고 새로 뜬 기사가 뭐 있나 스크롤을 내려 빠르게 확인한다. 제목 옆에 위풍당당하게 '단독'이라고 붙지만 않았으면 그럭저럭 안도하고 이불에서 빠져나온다.

현관문을 열고 밖으로 나선 순간부터 기자실 도착까지 휴대폰에 온통 정신이 팔려 있다(그렇다, 난 전형적인 스마트폰 좀비다). 회사에 도착하면 노트북을 켜고 출근길에 머릿속으로 정리해놓은 주요 기사를 간단하게 정리한다. 그러고 나서 오늘 뭘 쓸지 팩트 위주로 타다다닥. 보고를 올리고 10분쯤 지나면 이걸 왜 기사로 써야 하느냐는 데스크의 날선 전화가 온다. 방어에 성공하지 못하면 내 계획은 물거품되고 원치 않은 다른 기사를 써야 하는 상황에 직면한다(슬프지만 방어에 실패하는 날이 부지기수다).

이런 숨가쁜 전초전을 마치면 진이 쭉쭉 빠진다. 그러나 공포스럽게도 이제 고작 오전 9시. 남들은 막 출근해 자기 자리에 앉아 컴퓨터 전원 버튼을 누를 때다. 이제부터가 진짜 시작이다. 마치 〈라디오 스타〉에서 에피소드를 대방출했는데 "자, 이제 본격적으로 토크를 시작하겠습니다."라고 윤종신이 말할 때, 게스트 입장에선 그간 침 튀기며 토크한 게 어쩐지 좀 허탈해지는 순간과 비슷한 느낌이랄까.

오전, 오후, 저녁까지 열리는 편집회의에서 나온 의견들이 나에게 우수수 떨어지면서 기사 방향이 널을 뛰고 그 장단에 맞춰 춤을 추느라 정신이 없다. 취재는 취재대로 하고, 그 와중에 '내일 먹을거리'를 위해 취재원 티타임과 점심 미팅도 놓칠 수 없다. 기사를 다 써가는데 공중에서 사라지는 경우도 있고, 기사를 완성해 보냈더니 내가 썼던 문장들은 물에 젖은 책의 한 페이지처럼 희미한 흔적들만 남아 있기도 한다. 그런 허탈함을 애써 털어내고 저녁 술자리에서 열심히 술을 마시며 정보를 수집하다 보면 영혼 없고 창백한 좀비가 되어 갈 지之 자로 휘적휘적 귀가한다.

그다지 치열하게 살고 싶지는 않았다. 어쩌다 보니 이쪽에 마음이 끌렸고 '이 정도는 껌이지?'라는 표정으로 시키는 일에 마구 허덕이다 보니 나의 하루하루는 시계 초침처럼 빨게 지나간다.

◇◇◇

폴 오스터의 소설《빵 굽는 타자기》의 원래 제목은《Hand to Mouth》다. 손에서 입으로 바로 건너가는, 근근이 하루 벌어 하루 먹고산다는 뜻이다.《빵 굽는 타자기》를 처음 읽었을 때 대학생이었던 나는 책을 덮자마자 중고나라에서 수동 타자기 한 대를 샀다. 아르바이트하며 생활비와 월세를 충당하던 '핸드 투 마우스' 시기였으니 결코 적지 않은 돈이었다. 모델명은 마라톤 1000DLX. 햇볕을 받아도 전혀 반짝이지 않을 정도로 건조해 보이는 가난한 파란색이었다.

타자기를 칠 때 타이프바_{typebar}가 종이를 때리는 소리가 그렇게 멋져 보였다. 그때의 나는 뭔가를 무작정 쓰고 싶었던 것 같다. 그런데 하찮은 내 하루를 그럴듯하게 포장해서 옮겨 칠 문장이란 당최 떠오르지 않았다. 대신《감옥으로부터의 사색》의 아무 페이지나 펼쳐놓고 타다다닥 쳤더니 마치 내가 그 문장의 소유주인 것처럼 기분이 좋았다. 작가가 된 마냥 최면에 걸리는 순간이었다.

결국 작가는 못 됐고 기자가 되어 타자기 대신 노트북 키보드를 두드리고 있다. 이 키보드 소리란 게 별거 아닌 것 같지만 조용한 공간에서 들으면 굉장하다. 뉴스를 볼 때 중요한 발표를 하는 순간에 100~200명의 기자들이 무더기로 타이핑하는 소리를 들어본

적이 있는지? 마이크 너머 배경 소리에 귀를 기울여보시라. 그러면 타타타타타타타타타타타타타타타닥 하는 소리가 빗줄기가 창을 두드리는 소리처럼 쉴 새 없이 들린다.

사실 자판은 친다는 말보다 때린다는 말이 딱 들어맞는다. 자판 치는 힘으로는 나도 둘째가라면 서럽다. 대학교 때 타자기를 쳐낸 내공 덕분일지도? 타다닥 소리가 커서 가끔 기자실에서 민폐가 되기도 한다. 열받을 때도 손가락은 늘 노트북을 때리고 있다. 기사 마감시간이 다가올수록 머리보다 앞서 움직이는 손가락. 누구는 이 손가락으로 문학작품을 쓰고 고결한 피아노 선율을 만들어내지만 기자의 이런 요란한 노트북 소리는 감성보다는 확실히 핸드 투 마우스에 가깝다.

하루하루 뭔가를 써야 한다는 건 괴로운 일이다. 적당하고 뻔한 결론 대신, 가치 있는 결론에 이르기까지는 꽤 긴 과정이 필요하다. 명쾌한 결론은 순간 그럴듯해 보이지만 본질 언저리까지 접근한 기사는 아니다. 좋은 기사를 매일매일 쓴다? 자판기에 400원 넣고 휘핑크림 없는 그린티 프라푸치노를 기대하는 것처럼 현실과 동떨어진 일이다.

서글프다. 신문은 지면 수가 광고와 연결돼 있어서 기사는 나날이 늘어만 가고, 방송사는 아예 종일 특보 체제로 돌아가고 있다(헉!). 그래서 일단 뭔 일이 생기면 타다다다닥 받아쓰기부터 하지 않으면 안 된다. 그뿐인가. 기자는 인터넷에 올릴 기사도 수시로 써야 한다(헉헉!). 최근에는 현장에서 동영상까지 찍어서 보내라고 하고, 틈틈이 기자 블로그까지 운영하라고 한다(헉헉헉!). 이래저래 점점 더 질 나쁜 기사를 만들 수밖에 없는 환경으로 바뀌고 있다. 이제 언론도 서비스 업종의 하나일 뿐이니.

그럼에도 불구하고, 기자는 매력적인 직업이다.

나보다 다섯 살 많은 기자 선배를 라자냐가 맛있는 안국역 근처 레스토랑에서 만났다. 선배도 최근 기자를 그만뒀다. 퇴사로 치면 내가 선배지 않느냐며 기어이 한 끼 쏘라고 해서 만난 자리였다. 불투명해진 우리의 앞날을 대충 걱정하며 모호한 희망을 열렬하게 격려했다. 우리 일이란 게 얼마나 진절머리 났었나 하는 푸념을 늘어놓다가 대화 끄트머리에 문득 선배가 말했다.

"그래도 막상 기자를 그만두니까 아쉽더라."

"왜요?"

"만날 수 있는 사람이 이제는 한정된다는 게."

13년을 기자로 일한 선배는 그간 여러 사람을 인터뷰하며 참 많이 배웠다고 했다. 평생의 역작들이 화재로 모두 탔을 때 잿더미 앞에서 껄껄껄 웃으며 "붓부터 사야겠다."고 말한 75세 노老화백을 취재하면서 인생을 산다는 건 뭘까 다시 생각하게 됐다고 한다. 그를 인터뷰하며 기자 하기 참 잘했다는 생각이 들었다면서.

나는 조용히 고개를 끄덕였다. 바쁘고 숨 막혔고 셀 수 없는 내

상을 입었지만 10년 동안 정말 많은 사람을 만났지. 기자란 직업이 날 행복하게 만들지는 못했지만, 그래도 사람의 일상을 가까이서 살피는 일만은 늘 좋았다.

얼굴에 기-스 좀 생기는 게
어때서요

남들은 신경도 안 쓰지만 자기 얼굴을 거울로 볼 때 한 번 더 눈길이 가는 곳이 있다. 나의 경우는 아랫입술 밑 움푹 파인 곳에 가로로 난 흉이 그렇다. 단번에 눈에 띄진 않아도 열 몇 바늘 꿰맨 것이니 아주 작은 상처는 아니다. 그래서 화장을 하고 나면 마지막으로 이 흉터를 손가락 끝으로 꾹꾹 누르게 된다. 들어가라, 들어가라. 그렇다고 대단히 보기 싫은 건 또 아니어서 흉터 제거 수술을 생각해본 적은 없다. 꽤 죽이 잘 맞아 취재원에서 친구가 된 한 지인은 "학교에서 껌 좀 씹으셨나 봐."라고 놀렸다. 물론 내가 먼저 말하지 않는 한 사람들은 이 흉을 발견하지 못한다(보고도 말 안 하는 건가?).

교복 입고 면도날까지 씹지는 않았지만 흉터가 학창시절에 생긴 건 맞다. 내가 다니던 고등학교는 경사진 곳에 있어서 학교 이름 대신 '언덕 위의 하얀 집'으로 불렸다. 집에서 차로 20분 거리. 나는 매일 엄마가 싸준 썰지 않은 김밥 한 줄을 쥐고 아빠 차에 올라탔다. 김밥에는 달래간장, 볶은 김치, 멸치조림 같은 것들이 그날의 냉장고 사정에 따라 융통성 있게 들어갔다. 교문 앞에 도착할 때까지 운전석 옆자리에 앉아 김밥을 우걱우걱 다 먹는 것이 그 시절 나의 '소소하지만 확실한 행복'이었다.

그날은 간밤에 눈이 제법 많이 왔다. 마지막 김밥 꽁지를 입 안 가득 욱여넣고 가방에서 실내화를 꺼내 신었다. 날이 추우니까 차 안에서 미리 갈아 신으면 교실에 1초라도 빨리 들어갈 수 있다.

아, 춥다. 차에서 내려 몸을 잔뜩 웅크리고 무념무상으로 전진, 또 전진…. 조금만 더 가면 교실이다, 싶을 때였다. 실내화가 빙판에 미끄러지면서 주머니에 넣은 손을 미처 빼지도 못한 채 그대로 앞으로 고꾸라졌다. 이른 아침부터 지구에 원치 않은 키스를 한 것이다. 쫘당, 하며 앞이 까매졌고 넘어진 걸 자각하자마자 바로 일어났다. 남녀공학이었고, 아픔보다 창피함이 훨씬 더 강력한 힘을 발휘하는 열일곱 살이었다. 벗겨진 슬리퍼를 다시 신고 허둥지둥 교실로 들어서서 자리에 앉았다. 짝꿍이 흘깃 보더니, 깜짝 놀라 소리쳤다.

"야! 너 입에서 피 나!"

넘어지면서 입술 아래가 터진 것이다. 이 사이로 검붉은 피가 고이고 아랫입술이 붓기 시작했다. 양호 선생님은 거즈로 입술과 턱에 묻은 피를 닦아주고 얼른 병원에 가라고 했다. 1교시는 지구과학 시간이었는데 선생님은 덩치가 크고, 흰색 바지에 멜빵을 자주 메는 40대 남자여서 우리는 그를 홍금보라고 불렀다. 교실에 들어온 홍금보는 아랫입술 아래로 피떡이 져서 팅팅 부은 날 보더니 대뜸 진품명품 감정위원단처럼 엄숙하며 진지한 표정으로 말했다.

"여자는 얼굴에 기-스 나면 안 돼!"

순간, 가격이 수직 하락한 기분이었다. 나는 하나의 가구였다. 어떤 부주의한 손님이 지나가면서 찍- 흠집을 내버렸고, 그걸 알게 된 주인이 주저 없이 70퍼센트 가격 인하 딱지를 붙여 할인매장으로 보내버린, 억울한 기분이 든 3단 서랍장이었다. 나는 왠지 모를 불쾌함에 입을 삐죽댔지만 그 순간에는 대들지 못했다. 그 기분 나쁨을 뭐라 정확히 설명할 수 없었기 때문이다.

잘 가꾼 외모가 사회의 필수 덕목이 되는 건 한 사람의 인생에서 대단히 억울한 일이다. 나중에 알았지만 이 사회가 나에게 들이대는 외모의 잣대는 꽤 엄격했다. 너무나 진지하게 엄격해서 황당할 정도였다. 이 일은 그 황당함의 서막이었을 뿐이다.

결국 아빠는 둘째 딸을 등교시킨 지 한 시간 만에 다시 교문 앞으로 불려 나와야 했다. 얼굴 기스 발언을 듣고 분이 안 풀려서 병원에 가기 싫었지만 그보다는 오전 수업에 당당히 빠져도 된다는

'합법적 땡땡이'에 대한 설렘이 압도적으로 강하던 때였다.

아빠는 입술 아래에 구멍이 난 딸을 성형외과가 아닌 학교 근처 재래시장 초입에 위치한 동네 의원으로 데려갔다. 아빠는 분명 홍금보 같은 외모지상주의자는 아니었다. 없는 살림에 치료비로 예상 못한 지출을 해야 하는 게 미안해서 딸은 웃었고, 아빠는 딸의 찢어진 상처 사이로 치아가 보인다며 어이없어했다.

의원은 썰렁했다. 백발이 성성한 의사와 중년의 간호사만 있었다. 의사는 날 치료대에 눕히더니 별거 아니라는 듯 돋보기를 쓰고 턱에 마취 주사를 놓은 다음 의료용 실과 바늘로 상처를 꿰매기 시작했다. 3단 서랍장이었다가 이번엔 한 장의 천 쪼가리가 된 기분이었다.

몇 주 뒤 거즈를 떼러 다시 병원에 갔다. 의사는 상처 부위를 살펴보더니 조금 난감한 표정을 지었다. 상처가 붙은 것으로만 점수를 매긴다면 백 점이었다. 문제는 상처 자리에 실지렁이 같은 흉이 생겨버린 것이었다. 내 얼굴에 호쾌하게 바느질을 하며 별거 아니라던 태도로 일관했던 백발의 의사가 당황하며 후다닥 내린 결론은 이거였다.

"흠… 켈로이드 체질이구만, 켈로이드!"

켈로이드 체질은 원래 상처보다 흉터가 크게 남는 체질이다. 다른 사람들은 금방 사라지는 흉터가 시간이 지나도 잘 안 없어진다. 피부 조직들이 상처에 과민 반응을 일으켜 생긴다고 한다. 백발 의사의 바느질이 영 서툴러 흉이 크게 진 걸지도 모른다는 의구심을 완전히 지우진 못했지만, 다행히 그 이후로는 몸에 칼 댈 일이 없어 내가 정말 켈로이드 체질이 맞는지 확인하지는 못했다.

흉터는 기억을 잊지 않도록 몸에 새겨준다. 이 흉터도 마찬가지였다. 어떤 사람이 되겠다는 것까지는 아니어도, 어떤 사람이 되지는 말아야지 하는 것은 확실히 각인해주었다. 그것은 누가 뭐라고 하든지 바깥의 시선에 휩쓸리지 말자, 얼굴 기스로 나의 가치가 결정되는 삶을 살지 말자는 것. 한 가지 더. 홍금보처럼 편견에 사로잡힌 말을 스스럼없이 내뱉는 사람은 되지 말자는 것이었다.

세월이 흘러 막 서른 살이 됐을 때 업무상 두 살 연상의 남자를 만났는데 그가 던지는 밑도 끝도 없는 유머에 끌려 사귀게 됐다. 만난 지 한참이 지나 그는 말했다.

"처음에 얼굴 딱 보자마자 그 흉터부터 보이던데."

"그래? 이게 그렇게 눈에 띄나?"

"응. 그러던데."

"어땠어?"

"어땠긴. 한 번 더 얼굴을 보게 됐지."

내 얼굴에서 흉터를 가장 먼저 본 남자.

그 남자가 지금의 남편이다.

신부도 앞에서
하객 맞는 게 어때서

"결혼식 날 이 드레스 입고 뜀박질도 할 수 있나요?"

장소는 드레스 숍. 이 대사의 주인공은 장차 나의 신랑 될 위인이었다.

3년의 연애 끝에 결혼을 앞둔 우리는 작은 식당이나 카페를 빌려 맛있는 식사 한 끼 대접하는 것만으로 결혼식은 충분하다고 생각했다. 둘 다 어색한 것을 워낙 싫어하기도 했고, 공장에서 찍어내는 식의 결혼식에 거부감이 쌓였기 때문이었다.

하지만 우리의 결혼 구상은 현실과 맞닥뜨리면서 조금씩 어긋났다. 독실한 기독교인인 양가 부모님의 기세에 한 발짝 물러서면서 당장 장소부터 바꿔야 했다. 그렇게 정해진 결혼식장은 시부모님이 다니시는 서울의 한 대형교회였다.

남편은 "3.1절에 태어난 애국자답게 8월 15일 광복절에 결혼식을 하고 독립문에 집을 얻고 싶어!"라고 했다. 세상물정 모르는 허무맹랑한 아이디어였지만, 별 생각이 없었던 나는 그러자고 동의했다. 결국 광복절에 교회 부흥회가 있어서 한 주 뒤에 결혼식을 올렸고, 독립문 근처 아파트가 우리 예산에 비해 턱없이 비싸서 그보다 몇 정거장 외곽으로 후퇴해야 했지만 말이다.

상견례는 아무 연고도 없는 대전에서 했다. 시댁은 서울이었고, 우리 집은 광주. 두 도시의 중간이 대전이란 게 이유였다. 여행하는 셈 치라는 아들딸의 설득에 양가 부모님은 "준비~ 탕!" 총성과 함께 동시에 달리는 것처럼 같은 시간 출발해 거의 같은 시간에 도착하셨다. 결승선은 인터넷 블로그에서 보고 정한 대전 유성구의 한 중식당이었다. 막판에 주최 측인 우리에게 귀띔도 하지 않고 지배인이 불쑥 들어와 장미꽃 두 송이를 주며 예비 장모와 예비 사위, 예비 시아버지와 예비 며느리의 포옹을 시키는 깜짝 이벤트(놀란 티를 감추느라 힘들었다)를 한 덕분인지 몰라도 상견례는 별 탈 없이 마쳤다.

결혼식을 앞두고 1킬로그램도 빠지지 않았는데 사람들은 귀가 따가울 정도로 역시 예비신부라 예뻐졌다는 말을 건넸다.

"결혼한다더니… 어쩐지 이뻐졌다!"

"저요? 그대론데요?"

"아냐, 확실히 살 빠졌어!"

혼수 준비하느라 신경 쓸 일이 많아 저절로 살이 빠진다고들 하던데 나는 예외였다. 될 건 되겠지 하는 느긋한 신부였다. 결혼 준비하면 피 터지게 싸운다는 주변의 노스트라다무스식 예언이 무색하게 우리는 혼수며 집 문제를 사이좋게 나누어 부담했다(예언가들은 결혼 초기에 평생 싸울 걸 몰아 싸운다는 2차 예언을 내놓았고, 나중엔 애를 낳아야 싸운다는 3차 예언을 하기에 이르렀다. 이 정도면 싸우길 바라는 건지도?).

우리 사회의 대충주의는 대형 사고를 일으키는 원인. 하지만 결혼 과정에서 대충주의는 많은 것을 별일이 아닌 것으로 만들며 평화를 유지하게 하는 원동력이 됐다. 그리하여 예물 패스. 예단 패스. 스튜디오 촬영 패스. 화환 패스. 폐백 패스. 웬만하면 다 패스.

결혼식 날 신부는 아름다운 조명과 화사한 배경에 둘러싸여 하객들을 맞이한다. 계속 웃느라 볼에 경련이 일어날 정도다. 헬퍼 이모님 도움을 받지 않으면 한 발짝도 뗄 수 없다. 나는 그런 게 몸서리치게 싫었다. 그래서 정했다. 우린 함께 하객을 맞이하자. 그러려면 일단 결혼식 날 뛸 수 있을 정도로(뛸 일이 있겠냐만은) 움직이기 편한 옷을 입자! 그러다 보니 드레스 숍에서 '제자리 앉았다

일어섰다'를 하는 진풍경까지 벌어졌다. 결국 나는 웨딩드레스 숍이 아닌 파티웨어 숍에서 흰색의 긴 원피스 스타일 드레스를 빌렸다. 치맛자락이 바닥에 안 닿고 무료로 대여해준 흰 면사포도 댕강 짧아 딱 마음에 들었다.

결혼식 당일, 식 시작 두 시간 전 교회에 도착했다. 하루 전날 미리 받아온 드레스를 입고 혼자 신부대기실을 서성거리고 있었는데, 전화로 예약했던 포토그래퍼가 도착해서 나를 보더니 대뜸 물었다.

"신부님은 언제 오세요?"

음, 아무래도 이건 조금 당황스럽다.

"전데요!"

더 당황하는 모습을 보니 오히려 내가 미안해진다. 나름 메이크업도 받고 거금 주고 의상을 빌려 입었는데, 쩝.

멋쩍은 기분도 잠시, 하객들이 하나둘 오기 시작하자 나는 신랑과 함께 교회 입구로 나갔다. 그리고 나란히 서서 하객을 맞았다. 때로는 각자의 부모님 곁으로 가 친지에게 인사를 했다. 여기저기 어울려 손으로 브이 자를 그리며 사진을 찍었다. 어떤 하객은 "이렇게 많이 웃고 활발하게(방정맞게) 돌아다니는 신부는 생전 처음 봤다."고 핀잔을 주며 얼른 신부대기실로 돌아가라 내 옆구리를 쿡 찌르기도 했다.

결혼식 전부터 휘젓고 돌아다닌지라 정작 결혼식 때는 졸도할

지경까지 피곤했다. 여기에 목사님의 주례사가 40분 넘게 이어지면서 높은 구두를 신은 나의 다리는 후들후들거렸다. 넓게 퍼진 드레스가 아니어서 신부가 흔들리는 게 혼주석에서 고스란히 보였다. 나중에 들어보니 양가 부모님들은 내가 넘어지면 뭐부터 할지 2인조로 합을 짜면서 내내 불안에 떠셨다고 한다.

예상 못한 상황은 식후에도 왔다. 애초에 부케 던지는 세러모니는 하지 않을 생각이었는데, 눈치 없는(나에게 신부 어딨냐고 물어본) 포토그래퍼가 그건 꼭 해야 한다고 우겼다. 나는 하객들을 줄줄이 세워놓은 앞에서 포토그래퍼와 말다툼 문턱까지 갔다. 미간에 잔뜩 주름을 짓고 어금니를 깨물며 복화술에 가깝게 말했다.

"안 한다고요. 필요 없다고 말씀드렸잖아요."

그런데 이 분 입장에선 이대로 가다가는 웨딩앨범 페이지를 다 못 채우겠다는 위기감을 느꼈는지 도통 물러서지 않았다. 결국 결혼을 한 달 앞둔 친구 영선이가 부케를 받겠다고 자원하면서 신경전은 일단락됐지만, 그 모습을 본 신랑 지인들은 남편에게 심심한 애도의 뜻을 나타냈다고 한다. "너, 앞으로 힘들겠다." 등을 두들기면서.

3년이 지난 결혼기념일(우리는 결혼기념일만은 8.15 광복절로 정했다)에 남편에게 물었다.

"다시 결혼식을 하면 어떻게 하고 싶어?"

"결혼식은 아예 안 할 거야. 넌?"

"나도지!"

이번 생에 웬만하면 결혼은 한 번뿐이면 좋겠다. 만약 나중에 은혼식이라도 하게 된다면 높은 구두는 안 신고, 날 잘 모르는 포토그래퍼도 안 부를 거야. 우리의 인생 모토는 결혼식 이후 더 확고해졌다. 심플 이즈 더 베스트!

경쟁하지 않고
온전히 얻어낸 행복

결혼식 전날, 부모님이 광주에서 서울로 오셨다. 오후에 일찍 퇴근해 집에 가보니 주방 식기건조대에 놓여 있는 샛노란 유아용 식판 두 개! 본차이나 그릇세트를 사도 결국은 식판에 대충 차려 먹을 걸 알고 있는 부모님의 합리적인 판단이었다. 엄마와 신혼집 거실에 나란히 누워 오지 않는 잠을 청하면서 생각했다. 엄마는 서른 넘은 딸이 아직도 턱받이 하는 유치원생으로 보이나. 그랬으면 좋겠다. 엄마에게 한없이 어리광을 부리고 싶은 결혼전야였다.

　사실 식판은 나와 떼려야 뗄 수 없는 관계다.
　부모님은 교복을 입히면 옷값이 덜 들 거라는 역시나 합리적인 판단하에 춘하추동 내내 교복을 입어야 하는 초등학교에 둘째 딸을 보냈다. 점심 급식을 한다는 것도 큰 이유였다. 급식 시스템은 학년을 불문하고 일사불란했다. 교실 문에서부터 나란히 줄을 서서 학교 강당으로 이동해 밥, 국, 세 가지 반찬을 식판에 받아 들고 교실로 돌아와 먹는 시스템이었다. 남은 음식은 칠판 옆에 주번이 놔둔 장독만 하게 큰 잔반통에 부으면 됐다.

3학년 때 담임선생님은 '내 사전에 잔반이란 없다'를 마음속 급훈으로 정해놨던 것 같다. 우리 반 아이들은 식판에 밥 한 톨 안 남기고 다 먹을 때까지 절대 자리를 뜰 수 없었다. 때문에 편식하는 아이들은 먼저 다 먹은 친구들이 운동장에서 뛰어노는 모습을 창문 너머로 지켜보며 마냥 부러워해야만 했다.

그때의 나는 미역국 20원, 시금치나물 30원, 가지볶음 50원을 주고 짝꿍에게 반찬을 대신 먹어달라고 했다. 짝꿍이 먹기에도 고역이어서 거부당한 음식도 있었다. 그럴 땐 입에 반찬을 넣어 볼록해진 볼로 빈 식판을 검사받고 후다닥 화장실로 달려갔다. 그러고선 변기에 엎드려 입안에 든 걸 죄다 뱉어냈다. 입을 헹굴 때 거울에 비친 어린 내 눈동자에는 핏기와 눈물이 함께 고였다. 얼마나 서글픈 초등학생의 모습인가! 이즈음부터 나는 원재료가 생소하거나 생김새가 낯선 음식은 일단 덮어놓고 경계심부터 들었다. 날것은 일체 입에 대지 않았고, 갈치 같은 기초 레벨 생선구이 말고는 해산물도 좋아하지 않았다.

회사 생활 5년 차에 접어든 어느 날 부서를 옮기고 첫 회식 장소가 참치집으로 정해졌다. 늘 그렇듯 새우나 고구마튀김 같은 다른 요리로 '안주빨'을 세우고 있었다. 회 근처에는 젓가락이 전혀 안 가는 걸 눈치챈 부장이 붉은 참치 대뱃살 한 점을 내 입에 쑤셔 넣었다. 그러면서 하는 말,

"너, 편식하면 성격 더러워져!"

그 자리에서 처음으로 엄청난 양의 날것을 먹게 됐다. 다들 업무 스트레스를 폭식으로 풀었다고밖에 설명이 되지 않는 식사량이었다. 회식 막판에는 참치 눈알 유리체가 조신하게 담긴, 뽀도독한 코코팜 같은 눈물주까지 돌아가며 받아 마셨다. 씹지 않고 꿀꺽. 눈물주 맛은 기억나질 않는다(나중에 들으니 눈물주는 원래 그렇게 먹는 거란다. 꿀꺽). 이후 먹는 음식의 가짓수가 확장되어갔다. 육회까지는 못 먹어도 생선회는 먹게 됐고, 곱창은 안 먹지만 순대는 조금 먹는다.

혹시라도 편식 습관에서 벗어나고자 한다면, 내 경험상 처음 먹을 때 고비만 잘 넘기면 된다. 첫인상을 결정하는 게 달랑 3초라지 않나.

음식의 첫인상을 좋게 하는 확실한 방법으로 마라톤을 추천한다. 왜 난데없는 마라톤이냐고? 42.195킬로미터를 완주하란 얘기는 아니다. 설마. 풀 마라톤은 엄두조차 내지 못했다. 하프까지도

필요없다. 10킬로미터 단축마라톤이면 충분하다.

"탕!" 소리와 함께 마라톤이 시작되면 다들 '우-와아아아' 함성을 지르며 100미터 달리기하듯 뛰어나간다. 하지만 이때는 천천히 몸을 데워줘야 한다. 천천히 뛰면서 자신만의 호흡을 만들어가야 한다. 4킬로미터가 되면 반환점을 곧 돈다는 생각에 힘이 나…기보다는 반이나 남았다는 생각에 슬슬 뛰기 싫어지고 암울해지기까지 한다. 내가 왜 이렇게 뛰는지도 모르겠고. 왜 사서 생고생을 하나 하는 생각이 든다. 멈춰버릴까 싶기도 하다. 그럴 땐 주최 측에서 2.5킬로미터마다 주는 물과 이온음료, 초코파이 같은 간식을 먹으면서 아무 생각 없이 달려야 한다. 결승선을 생각하는 게 아니라 짧게 줄여 1킬로미터씩만 내다본다. 이 고비만 넘기면 성실한 모터가 달린 듯 발이 묵묵하게 움직인다. 몸이 천근만근이어도 달리는 걸 멈추지 않는다.

이렇게 하다 기분 좋은 충만감이 들면 그 유명한 '러너스 하이'에 도달한 것이다. 9킬로미터가 되면 말해 뭘할까. 다들 기록을 1초라도 줄이자는 생각에 전력 질주한다. 그렇게 결승선 바닥에 있는 계측기에 쾅 하고 발도장을 찍으면 끝. 완주 메달을 받아 목에 걸고, 주최 측이 주는 기념품이 잔뜩 담긴 주머니를 전리품처럼 어깨에 턱 걸치면 개선장군이 따로 없다.

마라톤을 마친 어느 날 처음으로 족발을 영접했다. 전에 족발을 안 먹어본 것은 아니었으나 무시무시한 돼지뼈가 징그러워서 살코기 부분을 아주 조금 떼어내 먹어본 게 전부였다. 이날 나와 내 무리의 친구들(내 꼬드김에 마라톤에 첫 출전한 초짜 마라토너들)은 당산동의 한 족발집으로 갔다.

우리는 얼음이 살짝 얇게 낀 소주와 맥주를 1:2 비율로 섞어 만든 소맥 한 잔을 탁 털어 마셨다. 온 몸 구석구석에 알코올 기운이 퍼지는 게 느껴졌다. 그때다. 걷잡을 수 없는 허기를 느낀 게. 비계와 살코기가 적절하게 섞인 족발의 가장 두툼한 부분을 집어 들고 부추 겉절이를 올려 한입 크게 먹었다. 입가엔 양념이 묻었지만 상관없었다. 입안 가득 넣고 우걱우걱 씹는 맛이란! 입에서 녹는다는 게 이럴 때 하는 말인 것 같다. 다시 소맥 한 잔 털어 넣고, 아까 같은 식으로 다시 한입! 또 소맥 한 잔, 다시 한입 가득!

누군가와 경쟁하지 않고 기록에 연연하지 않고 온전히 만족하며 스스로 기특해지는 순간이다. 마라톤이 끝나면 시원한 소맥. 그리고 온기가 남은 족발 한 접시. 이게 바로 편식 마라토너가 발견한 또 하나의 행복이다.

인생이 답답할 땐
뭐 하세요?

서른 살에 첫 직장을 그만두고 한동안 사람을 만나지 않았다. 아직 정리되지 않은 내 포부와 비전을 발라당 까뒤집어서 보여줘야 할 것 같다는 두려움 때문이었다. 뒤집어 까면 정작 별게 없다는 사실이 더 문제였다. 생각 없이 던지는 그들의 말에 생각 없는 내가 이리저리 휘둘리지 않을 거란 보장도 없었다.

하지만 가만히 있으면 아무 일도 일어나지 않는다는 만고불변의 진리는 알고 있었다. 당장의 경제활동 계획이 없던 나는 일단 '사적 인맥의 재건'을 목표로 세웠다. 그간 취재원 만난다고 연락하지 못했던 친구들과 지인들에게 작정하고 휴대폰에 저장된 순서대로 전화하고 카톡했다. 전적으로 상대방의 시간과 장소에 맞춰 약속을 잡았다. 점심, 저녁으로 두 탕을 뛰지 않고 하루에 한 명씩 만났다. 하루의 유일한 일과였다. 그렇게 텅텅 비어 있던 한 달의 스케줄러를 꽉 채웠다.

만나러 가는 게 귀찮거나 부담스러워서 약속 당일 후회한 때도 적지 않았다. 고백하자면, 사실 거의 모든 날이 그랬다. 입고 나갈 옷이 마땅치 않아서 이 초라한 꼴로 나가야 하나 싶어 짜증이 났다. 전날 마신 맥주 때문에 텅텅 부은 얼굴이 못마땅한 날도 비일비재했다.

그런데 지나고 나서 생각해보면 이런 만남에서 많은 것을 배웠다. 특히 전혀 기대하지 않았던 의외의 사람에게서 위로를 받을 때가 많았다. 가장 친한 친구가 남 일처럼 말하는 것에 실망하고(남일 맞는데 왜 실망했을까?) 마음이 쓸쓸했다. 오히려 1년에 한 번 만날까 말까 하는 이들은 의외로 자신의 얘기를 솔직하게 털어놓으면서 나에게 여러 조언과 위로를 해주었다. 이럴 땐 친구보다 지인이 나았다. 지인들은 직간접적으로 일과 얽혀 있거나 비슷한 업종에서 일하고 있어서 내가 어떤 스트레스를 받는지 한마디만 던져도 열 마디를 이해했기 때문이다.

이때 내가 흥미를 느끼고 귀담아 들었던 것 중의 하나가 자신만의 스트레스 해소법이었다. 먹고 마시고 노래 부르는 것 말고, 등산하고 헬스하고 자전거 타는 거 말고.

"난 집에서 과학 다큐멘터리를 봐요. 지구나 자연, 특히 우주에 대한 다큐요. 마음이 정말 평온해져요."

_상사의 멱살을 잡은 적 있는 ○○신문 박○○ 기자

"소파에 널브러져서 만화 조선왕조실록을 잔뜩 쌓아놓고 읽으면 그게 제일 확실한 행복이야. 김치냉장고에 넣어둔 시원한 맥주 마시면서."

_기자가 귀찮은 국회의원 보좌관 김△△ 씨

"주말에 2003년식 코란도를 직접 손봐요. 부품 하나 바꾸는 데 하루 종일 걸리기도 하는데 잡생각이 사라져요."

_소개팅 성공률 0퍼센트의 □□방송사 조□□ 편집기자

이쯤되면 취미생활이라기보다는 직장생활을 버티기 위한 생존법이라고 봐야 할 성싶다. 이들의 스트레스 해소 노하우는 재밌으면서도 밥벌이의 고단함을 토로했던 대화 맥락을 생각해보면 한없이 애잔했다. 취미의 공통점은 목적이 없고 경쟁이 없다는 것. 이중에서 내가 실천한 것은 '맥주 마시며 조선왕조실록 보기'.

거금을 털어 온라인 서점에서 20권으로 된 만화《박시백의 조선왕조실록》을 주문했다. 가슴이 두근두근. 붉은 곤룡포 색인 전

집 박스에서 한 권씩 꺼내 틈 날 때마다 읽었다. 집에서 읽을 때는 꼭 냉장고(김치냉장고가 없어서 아쉽지만)에서 맥주 한 캔씩을 꺼내 마시면서 봤다. 1년에 가까운 공백기 이후 다시 기자 일을 하면서도 가끔 한 권씩 챙겨서 출근했다. 점심 먹고 양치질로 상쾌한 느낌이 입안에 남아 있을 때, 오후 취재 전 짬이 날 때, 쓰고 있던 기사가 갑자기 지면 계획에서 빠졌을 때 조선왕조실록을 꺼내 한 챕터를 후루룩 읽었다.

한 권씩 다 읽을 때마다 맨 뒷장을 일부러 찾아봤다. 몇 쇄를 찍었나 보는 것이다. 내가 샀을 당시 1권은 30쇄였지만 마지막인 20권은 19쇄까지 떨어져 있었다. 그만큼 다 읽는 사람들이 줄고 있다는 것이었다. 장기 레이스를 완주했다는 생각에 괜히 으쓱해졌다. 전권을 다 읽는 건 마라톤 못지않은 지구력이 필요한 일이었다(작가가 완간하기까지 13년이 걸렸다고 하니, 그 창작의 고통에 비하면 새발의 피의 헤모글로빈 한 개 정도지만…).

내가 읽은 조선왕조실록은 태정태세문단세 예성연중인명선… 으로 이어지는 역사가 아니었다. 그렇다고 권선징악의 엄중한 역사적 사건들을 기록한 것도 아니었다. 얽히고설킨 관계와 공학은 규칙이랄 게 없었다. 누군가의 인생 궤적이 한순간에 어이없을 정도로 사소한 이유로 바뀌고, 돈에 눈이 먼 하인의 거짓 밀고 한마디에도 생사가 정해지는 일의 연속이라는 점. 평생 권세를 누리다가 죽기 직전에 후회하기도 하고, 누군가는 죽은 지 한참 뒤에 부관참시(죽은 뒤에 큰 죄가 드러나 관을 열어 시체를 베거나 목을 잘라 거리에 거는 극형)당하기도 했다.

이런 이야기를 들여다보면 우리가 아등바등하는 것들의 의미가 머나먼 별처럼 아득해진다. 우주에 관한 다큐멘터리를 보는 것도, 낡은 첫 차를 수리하는 것도, 칼 세이건의 《코스모스》 서문만 천천히 소리 내 읽는 것도 다 그런 맥락일 것이다. 노력 너머의 것이 분명히 존재하므로 자신을 닦달하거나 미워하지 않아도 된다는 사실이 마음을 편안하게 해준다. 내 상사를 미워하든 미워하지 않든 그것은 별로 당신에게 중요한 일이 아니라고 말해준다.

회사 생활을 하다 보면 자신이 번아웃 상태인지도 모를 때가 있다. 그럴 때 고생한 나에게 스스로 보상을 주는 요령을 만들어보는 게 직장인 신분을 연명하는 데 큰 힘이 된다. 지질한 일상으로 점철되고 있더라도 내 인생에 운이 지독히 없는 순간을 지나고 있겠거니 여기고 '난 이럴 자격이 있어!'라고 되뇌며 쿨하게 스스로에게 보상을 주자. 뭐, 워낙 보상에 박한 세상이니까 나라도 후해져볼까.

아, 조선왕조실록 만화를 읽으며 좋았던 것 한 가지 더. 조선시대 사람들은 이렇게 시원한 맥주 맛을 영영 모르고 죽었다는 것. 이거 참 임금님조차 부럽지 않은 일이었다.

고통 앞에서 나 이외에는
완벽한 타인

남편에게서 오후 들어 갑자기 배가 찢어질 듯 아프다는 연락이 왔다. 그는 회사에서 조퇴해 근처 종합병원 응급실에 갔다. 나도 기사를 서둘러 마감하고 병원으로 갔다. 평일 저녁 응급실은 예상 외로 초만원이었다. 30대 후반이나 40대 초반으로 보이는 간호사는 차갑지도 다정하지도 않은, 노련하게 단련된 '적정 수준'의 친절한 말투로 응급실 침상에 누워 있는 남편을 보며 물었다.

"환자분-운, 많이 아프세요?"

"네… (자신의 복통 증상을 주절주절 설명하기 시작한다)."

간호사는 유니폼 주머니에서 뭔가를 꺼냈다. 초등학생 필통에 흔히 들어 있는 15센티미터 플라스틱 자처럼 생긴 것이었다. 눈금 대신 1부터 10까지 숫자가 새겨져 있었다. 1에는 평온한 표정의 '노란 스마일'이, 10에는 '빨갛게 열이 오르고 엉엉 울고 있는 스마일'이 그려져 있었다.

"네, 환자부-운. 그럼 지금 아프신 정도를요, 조금 아프다는 1, 많이 아프다를 10으로 해서요, 어느 정도로 아프신가요?"

남편은 고통스러운 와중에도 순간 고민에 빠진 얼굴이었다. 마치 수술을 할지 말지 결정해야 하는 엄중한 기로에 선 명의처럼.

"(혼잣말하듯) 7… 8…? (점점 크게) 음, 지금 7이에요!"

간호사는 알겠다고 했다. "조금만 누워 계세요, 환자부-운" 하는 말투가 초등학생을 달래는 것 같았다. 조금만이 어느 정도인지 알지 못했지만 우리는 곧 그것이 10분이나 20분은 아니라는 것을 알게 됐다. 남편에게 간호사와 의사가 온 것은 결국 한참이 지나서였기 때문이다. 의사는 남편의 배 이쪽저쪽을 꾹꾹 눌러보며 간단한 문진을 했다. 남편은 진통제 처방을 받고 응급실에서 나왔고, 나중에 다시 아프면 MRI를 찍어보라는 말을 들었다.

일주일쯤 지나서 퇴근하고 온 남편이 분하다는 듯 씩씩거리면서 말했다.

"아니, 그때 7이라고 할지 8이라고 할지 열라 고민했는데, 알고 보니까 10이라고 하지 않으면 아무 소용이 없는 거였대!"

'고통 레벨'이 10일 때만 응급상황으로 판단하고 즉각적인 처치가 이뤄진다는 것이었다. 남편에게는 7 혹은 8도 꽤장히 아픈 거였는데 말이다(남편은 정밀검사 결과, 출산의 고통과 어깨를 나란히 한다는 담석증으로 진단이 나와 결국 쓸개를 떼어냈다. 이런 쓸개 빠진…).

내가 아는 유일한 간호사에게 오랜만에 전화를 했다. 가장 결혼을 늦게 할 것 같았는데 친구 중 제일 먼저 결혼해 애를 둘이나 낳았고, 누군가를 보살피는 일에 가장 젬병이었는데 종합병원 간호사가 된 반전의 아이콘인 희선이란 친구다. 남편의 억울한 소식을 전했더니 희선이가 내놓는 말이,

"야, 미쳤냐. 바빠 죽겠는데 10 아니면 거들떠도 안 봐!"

"그럼 9는?"

"9도 안 봐!"

나부터 좀 먼저 봐달라는 심보로 응급실에서 무조건 "저 10이에요!"부터 외치려 들면 큰일 난다. 그러면 응급실이 아비규환이 될 거다. 촌각을 다투는 진짜 고통 10의 위급한 환자가 당연히 우선이다.

억울해하면서 씩씩대는 남편을 보면서 한편으로 이런 생각이 들었다. 내 고통을 남이 그대로 알아주길 기대할 수는 없는 노릇이다. 고통은 지극히 개인적인 일이어서 남이 알 수 없을 뿐더러 사실은 구태여 알려고 들지도 않는다. 그래서 우리는 자신의 고통에

둔감한 남에게 서운해할 이유도 없다. 내 고통을 남이 고스란히 알아주지 않는다는 것을 이제 한번 학습했으니 남편은 앞으로 조금 덜 실망할 것이다. 고통 앞에서 나 이외에는 완벽한 타인이 된다.

폭력과 직면하는,
택시라는 공간

내 생각에, 대한민국 여성으로서 가장 일상적인 두려움과 맞닥뜨리는 순간은 택시에 탔을 때다.

20대 중반의 여자 후배는 근무 때문에 새벽 4시에 일산에서 광화문 회사로 가는 택시를 탔다가 봉변을 겪었다. 기사가 신호도 무시하고 무섭게 질주하기에 "기사님, 신호 좀 지키고 가주세요."라고 했더니 기사는 못마땅한 듯 혀를 차며 그때부터 시속 50킬로미터로 자유로를 기어가다시피 운전했다. 너 한번 당해보란 듯이.

할 말은 하는 편인 친구는 택시기사가 자기한테 별 이유도 없이 욕을 하자 자기도 욕으로 대차게 받아쳤다고 했다. 그랬더니 기사가 길에 차를 멈추더니 "내려!"라고 소리 지르며 친구 팔을 잡아서 끌어내렸다. 그러고는 사이드미러로 노려보더니 쌩 하고 가버렸 단다. 한밤중 인적 드문 그곳에서 차가 출발하기까지 몇십 초 동안 느꼈던 공포감은 지금도 잊을 수 없다고 한다. 친구는 다리가 풀려 서 한참 뒤에야 그 자리를 겨우 벗어날 수 있었다.

나 역시 업무상 급하게 이동해야 하거나 술자리가 잦은 편이라 종종 택시를 탔다. 대부분은 별 문제가 없었지만 열 번 중 한 번은 불쾌한 기억이 남았다.

어느 날 오후, 택시 승강장에서 택시를 탔는데 엉덩이를 뒷좌석 에 붙이자마자 후회가 들었다. 오 마이 갓. 기사는 창문을 아주 조 금 내리고 담배를 뻑뻑 피워대고 있었다. 나는 목적지를 말하면서 창문 내리는 버튼을 깊숙이 눌렀다. 기사는 아쉽다는 듯 담배를 아 주 깊이 두어 번 더 빨고 꽁초를 밖으로 툭 던지고 택시를 거칠게 움직이기 시작했다.

1분이나 갔을까, 기사의 휴대폰 벨소리가 크게 울렸다. 승객이 없어 내내 공치고 있다는 동료 기사의 말이 스피커폰으로 택시 안 을 울렸다.

"나도 이제 겨우 하나 했다, 씨팔. 하루 종일 서 있었어, 씨팔."

내 귀를 틀어막고 싶었다. 말끝마다 욕이 붙는 이런 식의 통화 는 가는 내내 이어졌다. 중간에 그냥 내릴까 말까를 내내 고민했 다. 스마트폰으로 연예 기사를 아무리 읽어도 목소리가 워낙 쩌렁

쩌렁해서 안 들으래야 안 들을 수 없었다.

괴로움에 몸부림치던 나에게 앞좌석 머리받침에 붙어 있는 불친절 신고 스티커가 눈에 들어왔다. 정신 차리자. 휴대폰 동영상을 몰래 켜 기사가 통화하는 모습을 찍기 시작했다. 눈치챌까 봐 조마조마하게 앞좌석 택시면허 게시물 쪽으로 휴대폰을 향하며 찍었다.

떨렸다. 기자 하면서 몰카 찍을 일도 많았던 나인데도 많이 떨렸다. 시끄럽게 통화를 하던 기사는 목적지에 멈추기 직전에서야 전화를 끊었다.

"하아…."

멀어져가는 택시를 보면서 뒷목이 뻐근해진 것을 느꼈다. 5분 동안 영상을 몰래 찍으면서 온몸에 힘이 들어갔었나 보다. 그제야 동영상 녹화 중지 버튼을 눌렀다. 플레이. 이럴 수가. 자칭 몰카의 달인인 내가 이렇게 흔들리게 찍었을 줄이야. 통화 소리는 들렸지만 앞자리에 붙어 있던 택시면허증과 차량번호 게시판이 잘 찍히지 않았다. 이 분한 마음을 어떡하지.

택시에 대한 안 좋은 기억은 어릴 때부터 있었다. 중학교 2학년 소풍날 친구들과 택시를 탔다. 40대로 보이는 택시기사는 가는 내내 우리가 재잘거리는 틈을 기어이 비집고 들어오더니 끝내 나에게 "아저씨랑 좋은 데 놀러갈까?"라고 치근댔다. 연락처가 담긴 쪽지도 우격다짐으로 건넸다. 그 뒤로 나는 택시 운전석 옆자리에는 앉지 않는다.

택시, 정말 왜 이럴까?

택시기사의 사정을 진지하게 들어본 적은 없지만 일 때문에 알게 된 친구 S가 지인 중 유일하게 택시기사를 해본 적이 있다. S는 스물여섯 살에 돈을 벌어볼까 싶은 마음에 지방의 한 소도시에서 법인택시를 몰게 됐다고 한다. 그가 운전대를 잡은 택시 안에는 별별 손님이 다 있었다. 젊은 티가 나선지 만만한 게 그의 뒤통수였단다.

어느 날은 뒷좌석에 앉은 승객이 발로 머리를 깠다. 이유는 면허증 사진이 맘에 안 든다는 것. 어떤 승객은 대낮에 맨 정신으로 그의 목을 손날로 내리쳤다. 예능 프로그램에서나 본 '넥 슬라이스'였다. 도착지에 다 와서 요금이 왜 이렇게 많이 나왔냐며 동전을 차 시트와 바닥에 뿌리고 문을 쾅 닫는 사람도 있었다. 정신 나간 사람들이 세상에 이렇게나 많다는 것을 깨달은 그는 결국 6개월도 채 안 돼 택시 모는 일을 그만뒀다.

"그런데, 내가 변하더라."

S는 그 짧은 기간에 한 가지가 또렷하게 변했다고 했다. 운전실력? 진상 대처법? 아니다. 그것은 승객들에게 불친절하게 된 자기 자신이었다.

승객들은 택시를 막 잡아 타서 앉을 때 운전석에 앉은 S를 보고 대부분 움찔하며 경계하는 기색을 보였다고 한다. 특히 여성 승객들은 젊은 남자와 좁고 폐쇄된 공간에 가까이 있는 것만으로도 공포를 느끼는 것 같았다는 거다.

"밤에?

"아니, 낮에도."

"그럼 더 조심하고 친절하게 했어야 하는 거 아냐?"

그게 맘처럼 안 됐다고 했다. 불친절하게, 상스럽게 하면 할수록 자신에게 더 공손하게 대답하는 걸 알게 됐기 때문이란다. 거칠게 대할수록 더 편해졌다. 남자 승객에게 당한 수모를 여자 승객이 타면 자신도 모르는 사이에 화풀이를 하게 됐던 건 아닐까? 궁금하면 말허리를 댕강 잘라내고 꼬치꼬치 캐묻는 나와 달리 내 앞에 앉아 있는 그는 조곤조곤 하면서도 느릿하게 대답하고 있었다. 어지간한 일에도 화 한 번 내지 않고 차분한 평소 그의 모습을 보면 그 택시 안의 거친 분위기란 게 정말이지 상상이 안 된다.

특정 직업에 편견을 가져서는 안 되고, 나도 기자란 직업에 대한 사회적 편견 때문에 상처를 받을 때도 있다. 그들의 열악한 노동 환경과 최저임금도 못 건지는 처우는 당연히 바뀌어야 하지만 문제는 그런 상황에 처한 택시기사들이 그 분노를 여성이나 장애인 같은 약자에게 표출하게 되었을 때 발생한다. 택시처럼 직접적으로 여성들에게 공포감을 주는 공간들은 실제 문제의 심각성에 비해 방치돼 있다고 느낀다.

이것은 직업군의 문제가 아니라 성별의 문제다. 여성 택시기사가 남성 승객을 마주하게 됐을 때에도 마찬가지일 것이기 때문이다. 나는 우리나라가 여성에게 대단히 위험한 나라라고는 생각하지 않는다. 상대적으로 보면 안전한 축이라고 생각한다. 하지만 점수가 후하다고 해서 특정 공간에서 불안감이 높다는 걸 방관해선 안 된다. 이것은 권리를 요구하는 것도 아니고 안전에 대한 것이기 때문이다.

작은 것에도 쉽게
꺾이는 마음

대부분의 청춘이 그런 것처럼, 내 대학 시절도 결핍의 연속이었다. 대학 내내 아르바이트를 뛰어야 했고, 과제에 메이다 보니 내게 주어진 잉여시간은 한없이 모자랐다. 여행할 시간도 돈도 없었다. 고작 남은 시간은 앞으로 뭘 해야 먹고살지 답이 안 나오는 고민을 하느라 하염없이 흘렀다.

그렇게 우물쭈물하다가 직장인이 되고 나서야 첫 해외여행을 인도네시아 발리로 갔다. 안타깝게도 첫 여행은 추억이라기보다는 기억 수준에서 그치고 말았다. 그만큼 별로였다. 그래도 한 가지 기억에 남는 장면은 건졌다.

스킨스쿠버 체험 프로그램 때였다. 멀리서 보면 크고 웅장해 멋졌지만 가까이서 보면 흰 페인트칠이 벗겨진 게 눈에 거슬리는 허름한 요트가 한 무더기의 사람들을 태우고 바다 안쪽으로 항해했다. 바람이 어찌나 시원하던지, 요트 보고 실망한 마음이 잘 달군 프라이팬에 버터 녹듯이 스르륵 녹았다. 끝없이 펼쳐진 바다는 깊이를 가늠할 수 없기에 더 유혹적이었다.

한국, 중국, 일본에서 온 것 같은 단체관광객은 스쿠버 장비를 지급받을 때까지 그저 바다를 배경으로 사진을 찍으면서 기다렸다. 그때는 그것도 충분히 좋았다. 하지만 내게 바다보다 아름다웠던 것은 아무렇지도 않게 툭, 툭, 툭 하나둘씩 바다로 뛰어드는 몸이 길고 하얀 외국인들이었다.

우리 일행은 조금 초라해진 기분이 들어 맥없이 바다로 시선을 보내고 있었다. 우리 팀 한국인 가이드는 호주 사람들이 여기로 장기휴가를 많이 온다고 말했다. 주로 서퍼와 장기체류자 들이었다. 그들의 세상 두려울 것 없는 바다수영을 보며 '아, 인간은 참 멋있는 존재구나' 처음 생각했다.

나는 일상으로 돌아와 곧바로 집에서 가까운 스포츠센터 수영 기초 오전 7시 반에 등록했다. 이름은 돌핀반. 그렇게 나의 수영 인생이 시작됐다. 인도양에 뛰어든 수영자들을 보고 수영을 시작했지만 다이어트를 위해(샤워실 앞 체중계와 수영복 때문에 내 몸 상태가 적나라하게 느껴진다), 때론 수영을 좋아하는 남자에게 잘 보이기 위해(나도 수영 참 좋아해요, 라고 말하려고), 내 뒤의 수강생에게 따라잡히지 않기 위해(강습하면 수영 실력이 느는 가장 큰 이유다) 열심히 팔다리를 휘저었다. 음-파. 음-파.

그런데 변하지 않을 것같이 찬란한 사랑도 결국 변하듯, 수영에 대한 열정도 내리막길을 걷기 시작했다. 매주 세 번씩 함께 물속에서 강습을 받으면서 꽤 친해진 돌핀반은 저녁 모임을 하고 젊은이들은 따로 모이기도 했다. 수영선생도 꽤 유쾌한 캐릭터였다. 그런데 이 수영선생이 여자 수강생들과 한 명씩 따로따로 만나고 다닌다는 얘기가 들리면서 나는 수강을 그만뒀다. 강습을 끊었다는 건 실력이 퇴보하기 시작했다는 의미다. 적어도 나에겐 그랬다. 그렇게 수영과 멀어졌다.

다시 수영장을 찾은 건, 몇 년이 지나서였다. 몸무게도 야금야금 늘면서 무릎까지 조금 아픈 듯싶었다. 가장 먼저 생각난 운동이 수영이었다. 사람답게 사는 삶, 인도양 바다와 돌고래. 나는 돌핀반에서 유영하던 내 모습이 떠올랐다. 그것은 자유로움이었다. 멀리 가려면 함께 가야 한다고 했다! 주말이면 소파 위에 딱 붙어만 있는 남편을 졸랐다.

"가자! 수영장!"

"어? 나 수영복 없는데."

"사줄게! 가자!"

그날로 마트에서 남편의 수영복과 수영모자, 나를 위한 수영복 실리콘 가슴 뽕 한 세트를 샀다. 그리고 함께 집 근처 초등학교에 딸린 수영장으로 이동. 파란색 킥판을 잡고 야심차게 발차기를 하며 물보라를 일으켰다.

탁탁탁탁!

레인 중간쯤에서 한 번 멈추긴 했지만 아직 녹슬지 않았다. 이제 자유형. 팔 각도를 신경 쓰며 '배운 수영'의 진가를 발휘했다. 레인 끝까지 한 번도 안 쉬고 간 것이다. 그렇게 몇 번을 왕복하고 나서 내 자신에게 너무 뿌듯해하고 있는데 레인 끝에 서 있는 남편의 표정이 이상하다. 그는 내 머리를 가볍게 치더니 낄낄거리면서 웃었다.

"왜 웃어, 뭐야, 뭐야?"

"야, 너 자유형 할 때 고개를 제대로 돌려야지."

"어?"

"옆에서 보니까 입만 오른쪽으로 삐죽 돌려서 숨을 쉬던데! 이얍삽아. 너 구안와사 온 줄 알았다. 와-하하하하."

마음은 눈부신 발리 앞바다를 유영하는 호주인이었지만 현실과의 거리는 호주와 한국의 거리만큼 멀었나 보다. 아니면 돌고래와 인간의 차이만큼. 그 뒤로 난 남편 없이 혼자서 종종 수영장에 갔다. '입만 돌리지 말고 고개까지 돌리자!'고 머릿속으로 끝없이 되뇌며 말이다.

그런데 내 수영 의지는 아주 사소한 사건으로 꺾였다.

어느 날 저녁 40분간의 홀로 외롭고도 격렬한(가끔은 정말 사투 같다) 헤엄을 마쳤다. 수영복을 탈수기(짤순이)에 넣었다가 꺼내려는데 한 손으로 한꺼번에 집으려다가 실수로 떨어뜨렸다. 얼른 수영복과 수영모자를 바닥에서 집고 샤워실을 나왔다. 다음 날 수영장에 가려고 가방을 챙기다 보니 가슴 뽕 한 짝이 안 보였다. 어디 갔지? 어디 갔지? 수영복과 수영모자를 까뒤집어 봐도 없었다. 모든 채비를 마쳤지만 한 가지 없는 그것 때문에 그렇게 하루를 빠졌다. 그리고 다음 날. 왠지 가기 싫었다. 다다음 날도 마찬가지. 양쪽이 아니고 한쪽만 잃어버려서 새것을 사기도 어쩐지 돈이 아까웠다. 나도 모르겠다. 이런 좀스러운 비합리성.

이 모습에 과거 연애들이 갑자기 소환됐다. 내 사랑도 그랬다. 늘 사소한 이유로 맹렬히 타오르던 기세가 꺾였다. 시들해지면 끝맺음이 다가온다는 얘기다. 조금만 시간이 지나 생각해보면 아주 티끌 같은 이유인데도 그것 때문에 그전과 전혀 다른 양상이 펼쳐진다. 입 돌아가듯 이상하게 수영하던 사람에게 실리콘 뽕 한쪽은 사실 별것 아닐 수도 있다. 아니, 정말로 별것 아니다. 그런데 왠지 나에게만은 그 작은 사건이 기운을 꺾이게 하는 사소하지 않은 일이었다.

내가 짤순이 옆에서 흘린 뽕 한쪽, 혹시 분실물 보관함에 없나요? 라는 말이 영 나오지 않았다. 샤워실에서 수영복을 벗어젖히는 이들의 가슴을 흘깃흘깃 봐도 내 실리콘 뽕을 장착한 사람은 없었다. 입을 한쪽만 내밀고 뻔뻔하게 수영하는데 그깟 뽕 한쪽 없다고 수영에 지장 있겠나, 생각을 고쳐먹으려 해봐도 차갑게 가라앉은 마음엔 좀처럼 다시 불이 붙지 않았다. 마음이란 이렇게 알 수 없는 것이어서 기껏해야 뽕 한쪽 같은 사소한 걸로 출렁인다.

상추를 뜨거운 물에 씻어도
며느리는 며느리

"넌 상추를 뜨건 물에 씻는 애잖아."

소파에 널브러진 남편이 심드렁하게 말했다.

대학 동아리 첫 MT 때 지각해서 벌로 상추를 씻어야 했는데 손이 시려서 뜨거운 물을 틀어 상추를 씻었더니 잔뜩 숨이 죽어 시래기처럼 변해버렸다는 어두운 과거를 남편은 지금 다시 끄집어내는 참이었다.

결혼하고 나니 명절을 앞두고 왠지 숨죽은 상추처럼 처량해진 기분이 들 때가 있다.

결혼 후 두 번째 설 연휴, 나와 남편은 서울에 올라오신 친정 부모님을 먼저 뵙고 설 하루 전 서울에 있는 남편의 집으로 갔다. 나는 시댁의 유일한 며느리다. 남편은 막둥이고 위로 40대인 누나와 형이 있지만 결혼하지 않고 부모님과 같이 살고 있다. 우리 부부 빼고는 이미 한 집에서 부대끼며 살고 있어서 명절이라고 해서 유난히 반가울 것도 없었다. 그런 연유로 명절은 단출하게 지내는 분위기다. 시댁에서는 이미 어지간한 전과 갈비찜 같은 것들은 장을 봐뒀고, 저녁에는 새조개 샤브샤브를 해 먹기로 정해놓았다.

아무리 편해도 내 집이 아니면 마음까지 편할 리 없다. 가족이라고 해도 나는 이제 막 들어온 신입 멤버다. 여섯 명이 식탁에 앉아 육수가 든 큰 냄비에 새조개를 담가 건져 먹었다. 불편한 기색을 눈치챘는지 남편의 형이 유리병에 든 영롱한 붉은빛 술을 한 병 가져왔다. 진도홍주란다. 종이컵에 한 잔 따라 마셨는데, 우와! 눈이 번쩍 뜨였다. 발렌타인 30년산(몇 번 먹어본 적은 없지만)보다 향이 뛰어났다. 목 넘김도 부드럽고 복합적인 맛에 기분이 좋았다. 한 잔, 두 잔, 술을 잘 마시니 분위기도 좋아지고 나도 긴장이 풀렸다.

그렇게 자고 일어나 맞은 다음 날, 이미 상은 차려져 있었다. 머리가 띵 하니 아팠다. 시어머니에게 죄송하다고 말하고 자리에 앉았다. 떡국을 한 숟가락 뜨고, 뜨거운 국물을 목구멍에 넘기자마자 용수철 튕기듯 자리에서 일어나 화장실로 가서 변기를 부여잡고 전날 먹은 새조개를 다 게워냈다.

"진도홍주는 에미 애비도 몰라보게 한다더니!"

시댁 식구들은 신입 며느리가 어이없으면서도 안됐다는 듯 자리에 누워 있게 했다. 물만 마셔도 다시 변기를 잡고 인사를 해댔으니 물 한모금도 마실 수 없었다.

그 몸으로 오후에는 미리 예매해둔 영화를 보러 갔다. 명절이면 모여 볼링을 치고 외식하는 우리 집과 달리 남편의 집은 평상시처럼 밥만 같이 먹고 각자 할 일을 해서 명절 분위기가 안 났다. 나는 남편에게 영화를 보면 세 시간이 쉽게 지나간다고 졸라서 미리 예매했다. 속이 울렁거렸지만 나 때문에 예매를 취소하고 싶지는 않았다. 그것은 메스꺼운 속을 부여잡고 있는 것보다 더 불편한 일이었다.

설 오후의 영화관은 가족 관객들로 북새통이었다. 불이 꺼지고 영화가 시작되자 곧 안에서 뜨거운 것이 올라왔다. 영화가 슬펐냐고? 내가 본 영화 제목은 기억조차 안 난다(남편이 나중에 〈공조〉라고 알려주었다). 안에서 올라오는 진도홍주의 기억들이 목구멍까지 차고 올라와 혀뿌리까지 다다를 때 삼키고 또 삼켰다. 두 시간 동안의 헛구역질은 나에게 엄청난 인내심을 요구했다.

사랑받는 며느리가 되고 싶은 것. 왜일까? 엄마에게는 말 안 듣고 고집 있는 둘째 딸인데, 성질 있는 나조차도 시댁에서만큼은 왠지 'No'가 잘 나오지 않는다. 불편한 기색을 조금이라도 얼굴에 보이며 내색하는 것만이 이곳에서의 유일한 감정 전달법이다.

결혼식 때 내 부케를 받은 영선이는 결혼 후 시어머니와 시댁 동네에서 '엔젤'angel이라고 불린단다. 천사라는 원치 않은 닉네임이 붙은 순간부터, 그저 일개 사람일 뿐인 영선이의 결혼 생활은 안타깝게도 난이도가 천상계까지 치솟았다.

그에 비하면 나는 그저 상추를 뜨거운 물에 씻고, 홍주를 과음해 시댁 변기통을 부여잡는 사고뭉치 며느리다. 미안해하면서도 못하는 것은 어쩔 수 없지 않느냐는 멋쩍은 웃음을 지으며 조금은 느슨한 형태의 새로운 가족을 만들어간다. 그렇게 한 명의 패밀리 멤버가 되어가고 있다. 모르지, 어느 해 명절에 다시 또 홍주 앞에서 고꾸라지게 될지.

평범한 날을 버티게 하는
'퍼지 데이'

B급 영화는 정말이지 내 취향이 아니다. 내 취향은 철저하게 대중성 있는 영화와 궤를 같이 한다. 세상엔 망한 영화만 골라 보는 사람도, 피 튀기고 살점이 뜯어지는 걸 보며 카타르시스를 느끼는 사람도 있다는데. 난 〈엑소시스트〉에서 무서운 장면이 나올 때마다 눈을 감느라 하이라이트를 다 놓쳤고, 〈악마를 보았다〉는 초반 20분도 못 버티고 아예 영화관에서 나와버렸다.

반면 나와 영화 취향이 상반된 남편은 폭력 성향의 영화들에 꽂힐 때가 있다. 머릿속으로 상상만 하던 것을 스크린에서 제대로 구현해주는 영화들을 보면 통쾌함을 느낀다고 한다. 그 유명한 〈올드보이〉 장도리 신은 자기가 상상했던 장면이라며 아주 신나했다.

폭력적인 장면이 많을 게 뻔해 아예 볼 엄두도 안 냈던 영화 〈더 퍼지: 거리의 반란〉을 혼자 보고 온 남편이 우리의 결혼 생활에도 '퍼지 데이'를 도입하자는 안건을 냈다. 우리의 미래전략회의에서였다. 우리는 대략 분기별로 한 번씩 미래전략회의를 열고(회의할 때 조용해야 된다는 이유로 독립 공간이 있는 비싸고 맛있는 식당을 잡는다) 그간의 불만과 개선점을 안건으로 내고 결론을 짓는다. "뭐, 좋은 거 먹고 싶어서 그런 허울 좋은 회의를 만든 것이냐?"라고 반박하면⋯ 맞다.

퍼지fuzzy는 소리가 흐릿하거나 경계가 불명확한 상태를 뜻한다. 세탁기에서는 세탁물이 얼마나 더러운지를 파악해서 세탁 시간을 조절하는 기능이다. 세탁기의 청결한 느낌과 다르게 영화는 피로 얼룩져 있다. 영화 설정부터 충격적이다. 국가에서 단 하루, 법을 깡그리 무시하고 원한이 있는 사람을 죽여도 되는 날을 허용한다는 상상력이 기반이다. 그 영화를 몰랐던 내가 물었다.

"퍼지 데이가 뭔데?"

"쉽게 말해 고삐를 푸는 날이지."

"그런 날이 왜 필요한데?"

우리 미래전략회의에서 심사숙고란 없다(명색이 회의인데, 그게 문제긴 하다). 논리로 상대를 설득하기보다 상대에게 하나를 주고 하나를 받아내자는 심사가 더 크다. 이날도 퍼지 데이의 필요성을 설득하기보다는 내 요구사항 하나를 들어주는 것으로 안건이 구렁이 담 넘어가듯 통과됐다.

그렇게 우리 부부의 퍼지 데이가 실행에 옮겨졌다.

결혼 전 한 술자리에서 이미 유부남이었던 회사 후배가 "우리 부부는 평생에 단 한 번, 딱 하룻밤의 외도는 서로 허용해주기로 했어요. 그 기회를 매우 소중하게 아끼고 있어요."라고 말하며 다 모은 드래곤볼 쥐듯 손을 오므려 그 자리 모두를 뒤집어지듯 웃게 한 적이 있다. 우리에게 그 정도까지는 아니더라도 해방구가 공식적으로 주어진 것이다.

나는 퍼지 데이에 맘껏 월급을 쓰기로 하고 휴가 때 실행에 옮겼다.

혼자 영화를 한 편 본다. 저녁에 친구를 불러 호텔 뷔페에 간다. 술을 못하는 친구를 앞에 두고 수입맥주 330밀리리터 세 잔을 내리 들이켠다. 고급스러운 커피숍에 가서 케이크 한 조각에 팥빙수를 먹고 커피를 마신다. 택시를 타고 집에 온다. 돌아오는 길에 문득 생각했다. 이게 과연 퍼지일까?

다음으로 남편은 퍼지 데이에 식욕을 무한대로 풀어놓기로 했다.

회사 숙직을 하고 나서 오전 9시, 남들은 회사에 출근할 때 바통 터치를 하고 출근길을 역주행하며 회사 밖으로 나온다. 회사 앞에는 백수 친구가 기다리고 있다. 함께 숙직을 한 옆 부서 친한 후배도 있다. 이 셋(난 대체로 이런 식의 모임 멤버를 '작당들'이라고 표현

한다)은 해장국집부터 가서 반주와 함께 순댓국을 먹는다. 이른 점심으로 자리를 옮겨 막 문을 연 단골 삼겹살집에서 삼겹살에 김치찌개까지 배불리 먹는다. PC방이나 오락실에서 소화를 시키고 조금 걸어서 더 멀리 맛집을 찾아 간다. TV에 나온 맛집을 한가한 시간대에 줄 안 서고 들어가는 게 기분이 좋단다. 그리고 호프집에 가서 병맥주 한 잔에 수다를 떨다 보면 남들 퇴근할 때다. 퇴근하는 회사 동료를 불러내면 다시 한번 '처음처럼' 기운이 난다나. 처음처럼! 퇴근자들의 에너지를 받아 다시 시작한다. 술을 마시고 안주를 먹고 체력이 바닥을 쳤을 때 에너지 드링크를 마시고 노래방에 가서 남은 에너지를 전부 발산하고 장렬히 전사한다. 이렇게 족히 스무 시간을 먹고 마시며 노는 것이다. 그리고 새벽 2시쯤 눈도 못 뜰 정도로 피곤한 채로 귀가한다.

문제는 퍼지가 잦다는 것인데, 적당히 먹고 들어오라는 카톡에는 신나게 춤추는 이모티콘과 함께 "오늘 퍼지야!"라고 하면 할 말이 없다. 이렇게 먹으면 체중이 족히 2킬로그램은 붙는다. 퍼지 데이를 허용하면서 남편은 오랜 불화 끝에 이혼도장을 찍은 친구와 일본 오사카로 '이혼 위로 겸 축하 여행'을 가겠다고 하기도 했다. 이렇게 퍼지 데이에서 퍼지 위크로 바뀌는 지경까지 이르렀다.

나는 그래도 퍼지 데이를 아직까지 유효하게 유지하고 있다. 일단은 미래전략회의 때 몇 달에 한 번씩 퍼지 데이를 허용할지 빈

도조차 정하지 않고 열심히 소고기를 먹기만 한 내 불찰이 크다. 주변에선 퍼지 데이를 신기해하면서 과연 그래도 되냐며 걱정하기도 한다.

그런데 같이 살아보면 안다. 이렇게 대놓고 직설적으로 말하고 고삐 풀고 노는 편이 오히려 부부싸움을 안 하게 되는 길이라는 것을. 함께 살 때면 때론 노터치 하는 시간들이 반드시 필요하다는 것을.

남편이 퍼지를 선언한 날이면 난 늦게까지 기다리지 않고 12시 전에 그냥 잠자리에 든다. 그러면 언제 그랬냐는 듯 평화로운 다음 날이 펼쳐진다. 그래도 남편이 그러는데 열받지 않느냐고? 별로 그렇지 않다. 퍼지 데이 다음 날이면 남편은 물에 빠져 쫄딱 젖은 자그만 생쥐처럼 초라하게 같은 시간, 같은 옷차림을 하고 기운 없이 출근하기 때문이다. 그리고 퍼지 데이의 짧은 추억을 오징어 다리 씹듯이 계속 되새기며 평범한 날들을 버티는 걸 내가 알기 때문이다.

슬로우 스타터를 위해
열 살씩 내려주세요

취재 스케줄이 중간에 붕 뜨면서 차에서 죽치고 대기하던, 방송기자의 흔한 날 중 하루였다. 함께 기다리던 차량기사 형님과 이런저런 사는 얘기를 하다 그가 문득 화제를 바꿔 푸념하기 시작했다.

"정 기자, 이건 너무 가혹하지 않아?"

"뭐가요?"

"내 친구의 친구가 의사야. 그 의사 친구가 그랬대. 옛날엔 한 사람이랑 결혼해서 사는 게 가능했대. 결혼하고 30년 정도 사니까. 근데 지금은? 한 사람과 70년? 그건 생물학적으로 불가능하다는 거야. 아니, 의사가 그렇게 말하더라니까!"

50대 초반의 형님은 아들딸 키우며 본인은 매우 행복하게 잘 살고 있다는 대전제를 일단 깔고 본격적으로 얘기를 풀어갔다. 본인 경우는 아니고, 주변에 하도 이혼하는 사람들이 많단다. 그런데 가만 보니 친구들이 이혼하는 데는 다 나름의 절실한 이유가 있었다고 한다. 그들이 하는 공통적인 하소연이란 무엇보다 정이 떨어진 사람과 그저 참고만 살기에는 잔여 인생이 너-어-무 길다는 거다. 그 말에 납득이 돼서 이혼을 말릴 수가 없었다고 했다. 결혼 전이었던 나는 그저 그러냐고 웃으며 고개만 끄덕거렸다.

결혼을 두 번 하는 것이 생물학적으로까지 맞는지는 모르겠지만 기대수명이 길어지면서 물리적 나이와 사회적 나이 사이에 불일치가 발생하는 건 맞아 보인다. 주위를 둘러보면 아직도 자신에게 맞는 일자리를 찾지 못해 방황하는 30대 중반의 청춘들이 태반이다. 처음 잡은 직장에서 자리 잡고 쭉 이어가는 이들보다 그렇지 않은 친구들이 더 많다. 첫 번째 직장에서 크게 데여 그만두거나 적성에 맞는 일을 찾아서 다시 시작하고 싶다고들 한다. 20대나 30대나 일자리 문제로 고민하고 있다. 그들의 방황에도 이혼만큼이나 구구절절한 사연이 있다.

나 역시 30대에는 삶이 안정될 줄 알았지만 방황은 여전했다. 하루가 끝나고 다음 날 눈을 뜨면 전날보다 더하면 더했지 덜하지 않은 고된 업무가 끝없이 놓여 있었다. 그러던 어느 날, 퇴근길 몸이 녹초가 됐다. 회사에서 기사 때문에 옴팡지게 깨진 날이었다.

너무 깨져서 멘털마저 산산조각으로 부서진 느낌이었다. 노트북이 든 가방은 그날따라 너무 무거웠다. 걷기도 힘들어서 길거리에 주저앉고 싶었다. 집으로 가는 704번 버스를 탔는데 유독 머리 희끗한 노인들이 자리를 다 차지하고 앉아 있었다. 그 순간 화가 불같이 치밀어 올랐다.

'왜 노인들은 하필 퇴근 시간에 돌아다니는 거야!'

그런 생각이 속으로 들자마자 나 자신에게 놀랐다. 내가 드디어 미쳤구나, 정상적인 사고를 하지 못할 정도로. 상사에게 깨졌다고 약자에게 공격성을 품을 정도로 이상해졌구나. 똑바로 정신 차리고 살려면 지금 이 일을 도저히 계속해선 안 되겠다고 절실히 느낀 순간이었다. 그렇게 망가진 내 자신이 서러워서 눈물이 나려는 걸 참으려 버스 손잡이를 꽉 잡았다.

그럴 때가 그만둬야 하는 시점이다.

그런데 새 출발을 하려고 보니 30대 중반에서 후반으로 빠르게 자리를 옮겨가고 있는 이놈의 나이가 영 억울하다. 서른 살에 어학연수로 간 영국에서는 다들 내 나이를 스무 살쯤으로 봐주는 것이 좋았다. 입에 발린 말에 홀딱 넘어간 게 아니다(라고 강하게 주장할 테야). 홈스테이를 했던 집에서도 날 스무 살로 봤다. 어학원에서 같이 수업 듣는 애들도 열여덟 살부터 끽해봐야 스물두 살이었다. 그러자 나는 내가 진짜 스무 살인냥 살았다. 공부하고, 공원에서

책 읽고, 저녁이면 새로운 사람을 사귀고 노는 것이 죄스럽지 않았다. 내가 시간을 허비하고 있지 않나 자기검열하지 않았다.

그렇게 살다가 8개월 뒤 귀국하고 나서는 쇼크가 훅 왔다. 난 서른 살이었고, 첫 회사를 대책 없이 때려 치운 백수였고, 엄마 아빠의 출근을 배웅하는 불효녀였다. 친구들은 하나둘 결혼 소식을 전해왔다. 지인들은 침을 튀기며 서른 살이 중요한 기로라고 말했다. 그러자 조급해졌다. 서른이 도대체 뭐길래. 나이, 이게 뭐라고.

지금 자신의 상태와 적성을 못 찾아 허둥대고 방황하는 안쓰러운 30대 영혼들을 보면 열 살쯤은 내려야 맞다. 아예 국가가 나서서 자원하는 이들에 한해 열 살씩 내려주면 어떨까.

자신의 본래 나이가 있고, 그것과 별개로 사회적으로 몇 살이라고 표명하는 것을 용인해주자는 거다. 그것에 대한 불이익(갑자기 형, 누나라고 불러야 되는 것 등등)을 기꺼이 감수하고 말이다. 그렇게 살면 훨씬 폭넓게 자신에 대한 결정을 하고, 자아 최면만 잘 걸리면(레드썬!) 청춘이 될 수 있을 것 같다. 사회적으로도 인재가 폭발적으로 늘고 말이다. 노안의 20대들은 우리 사회 적재적소에서 엄청나게 활약할 것이다. 생각만 해도 좋다. 오늘부터 내가 스물일곱 살이라면! 이도저도 안 된다면 외국처럼 만 나이라도 시급하게 도입해야 하지 않나 싶다. 간절하게 한 살이라도 낮추고 싶다. 정신과 육체의 불균형을 겪는 모든 영혼들에게 너그러운 관용을 베

풀어주길.

> 사람은 매일 조금씩 늙는 게 아니오. 10년이고 20년이고 늙지
> 않고 지내다가, 어느 날 별다른 이유 없이 두 시간 만에 이십
> 년이나 늙어버린 걸 탓하게 된단 말이오. 두고 보면 알겠지만
> 당신도 마찬가지일 거요.
>
> _ 아멜리 노통브,《살인자의 건강법》

그러다 보니 이런 일도 생긴다.

1. 중년으로 돌아갈래!

69세인 네덜란드 남성이 자기 나이를 스무 살 낮춰달라는 소송
을 제기했다. 신체 나이를 45세로 판단한 병원의 '신체 나이 검증
서'까지 함께 제출했다고 한다. 해외 뉴스토픽에 뜰 정도로 화제가
됐지만 결국 네덜란드 법원은 법적 근거가 없다며 기각 결정을 내
렸다. 싱겁게.

그런데 반대로 나이를 올려달라는 경우도 있다.

2. 노인이 되고 싶어!

우리나라 60대들이 자기 나이를 올려달라고 법원에 호소하는

일이 많아졌다고 한다. 옛날엔 일부러 출생 시기를 늦게 올렸다면서 사실은 나이가 더 많다는 거다. 대부분은 국민연금 수령시기를 당기고 사회 보장 혜택을 조금이라도 빨리 받기 위해서라고 한다. 짠한 일이다.

나이를 고무줄처럼 늘였다 줄였다 할 수 있는 기기묘묘한 날이 내 생에 올 수 있을까?

합리적이라고 믿는 순간이
가장 비합리적일 수 있다

자신이 대단히 합리적이고 상식적인 사람이라고 확신에 차 떠벌리고 다니는 부류 치고 제대로 된 사람을 본 적이 없다. 그런데 직장 생활을 하다 보면 꼭 그런 문제 인물을 상사로 한 번(이상) 만나 호되게 엮이게 돼 있다.

친구 A는 출근길에 갑자기 쓰러져 응급실에 실려 갔다. 의사는 아무래도 스트레스가 원인인 것 같다고 했다. 친구가 다니는 건설 회사 사장은 돈이 아깝다고 사무실 청소 용역업체 계약을 해지하고 직원들에게 화장실 청소를 시켰다. 밥 먹듯 하는 야근에 남의 똥 묻은 변기까지 닦아대던 친구는 심근경색과 협심증으로 며칠을 입원했다가 사무실에 복귀했다. 그랬더니 상사가 하는 말이란 게,

"너처럼 그렇게 휴가 가도 월급 따박따박 주는 회사를 고맙게 여겨라."였다.

내가 다녔던 회사도 예외는 아니었다. 언론사라는 게 트렌드와 시대 변화에 대단히 민감할 것 같지만 사실은 가장 마지막에 가서야 (이젠 더 이상 새롭지도 않은) 새것을 겨우 받아들이는 고루한 조직이다. 어떤 부분에선 아래위 없이 민주적이지만 그걸 뺀 나머지 대부분은 민주주의가 입구에조차 발을 들이지 못한다.

시스템보다는 개개인의 퍼포먼스에 많이 의존해 움직이다 보니 폭언도 잦았다.

한 번은 동료가 실수해서 업무에 문제가 생겼다. 한 사람에게 일이 과중하게 몰려서이기도 하고, 여러 단계의 필터링이 없어서이기도 했다. 단지 업무 태만에서 비롯된 일시적 사고라고 보기에는 억울한 면이 많았다. 시스템의 허점을 살펴야 할 상사는 자신에게 피해가 갈까 봐 길길이 날뛰면서 말했다.

"저런 놈은 믹서에 넣고 갈아 마셔야 돼! ×× 같은 놈."

그 뒤로 그의 별명은 '델몬트'가 되었다.

여자로서 언어 이상의 폭력에 피해자가 되기도 한다. 여럿이서 함께 술을 마시는데 한 선배는 먼저 술에 취해 내 손등을 혀로 핥았고, 어떤 선배는 우산을 씌워준다며 내 어깨를 안고 걸어가기도 했다. 당황하는 사이, 날 더 당황하게 만든 건 그것을 못 본 척하며 눈을 돌리는 동료들의 시선이었다. 나중에 "기억이 안 나지만 내가 그랬다면 사과한다."는 유체이탈 사과를 아무리 받아도, "민지년 여자 아니야, 남자야."란 말을 칭찬으로 해석해 들으려 하며 겉으로는 아무렇지 않은 척해도 상처는 상처였다. 열 번 중 아홉 번은 미리 방어하거나 나중에 반격했지만 무방비 상태에서 한 번씩입은 내상들은 회복이 더뎠다.

퇴사하고 나서 간만에 만난 철강회사 홍보 차장님이 내 이런저런 얘기를 듣더니 서점에 굳이 데려가 《신경끄기의 기술》이란 책을 한 권 사서 내 가방에 밀어 넣어줬다. 죄송하게도 아직 다 읽지는 않았지만 기억나는 구절은 있다.

> 너 자신을 절대 알지 말라. 그래야 끊임없이 노력해 깨달음을 얻게 되며, 자신의 판단을 과신하지 않고 타인의 생각도 겸허히 받아들일 수 있다.
>
> _마크 맨슨, 《신경끄기의 기술》

나는 상식적인 사람이다? 내 생각이 다 옳다? 그렇게 믿으면 그 사람은 끝이다. 자신을 믿지 말아야 한다. 매일 덜 틀리는 사람으로 거듭나도록 애쓰는 사람이 강한 확신으로 똘똘 뭉친 사람보다 더 나은 사람이 될 수 있다. 어쩌면 회사에서 반론을 받아들이지 않고, 다름을 인정하지 않는 사람들은 자신이 다른 사람에게 금세 뒤집힐 수 있다는 두려움을 깔고 사는지도 모르겠다. 그래서 더 센 말로, 강압적인 지시로, 반론을 허용하지 않는 분위기로 그 두려움을 지우려 하는 것일까.

조직도 마찬가지다. 강한 확신을 가지고 조직 논리를 앞세우는 사람, 상식을 가볍게 허들 넘는 이들이 많으면 조직은 결국 곪는다. 뭐든지 느슨해야 건강하다.

사람들이 한순간 눈이 멀어버리는 집단 실명 사회를 충격적으로 그린 소설이 있다. 눈먼 무리들이 다수를 차지하면서 눈이 멀지 않은 단 한 명은 앞이 보인다는 사실을 숨겨야 목숨이 부지된다. 상식과 규범은 힘 있는 무리가 정한 것일 뿐, 진짜 상식이라고 할 만한 것들은 순식간에 무참히 짓밟힌다.

> 내가 다시 시력을 회복한다면, 나는 다른 사람들의 눈을 주의 깊게 볼 거야. 마치 그들의 영혼을 들여다보는 것처럼.
> 방금 그들의 영혼이라고 했소. 검은 안대를 한 노인이 물었다.
> 아니면 그들의 마음일 수도 있고요. 이름은 상관없습니다.
> (중략)
> 우리 내부에는 이름이 없는 뭔가가 있어요. 그 뭔가가 바로 우리예요.
>
> _ 주제 사라마구, 《눈먼 자들의 도시》

수용소에서 탈출한 눈먼 주인공들은 '우리'라는 존재를 느끼면서 사람답게 사는 방식을 찾게 되고, 결국 다시 앞이 보이는 순간을 맞는다.

소설의 세계에 우리 사회를 나란히 비추어본다. 이름 없는 뭔가가 우리다. 상식이 전복되는 참담한 대한민국에서 회사원들이 일상의 비극에서 빠져나오려면, 모든 조직이 건강해지려면, 각자가 스스로의 불확실함을 받아들이고 그저 느슨하게 적당한 거리를 유지하며 걸어야 한다고 생각한다.

세상에 공짜 밥은 없다,
절밥이라도

아무도 모르는 일이라도 나 한 명은 안다. 하면 안 되는 것을 할 때면 스스로 부끄러움을 느끼게 된다. 우리는 그것을 양심이라고 부른다. 나는 한때 부끄러움이 세상을 구원할 거라고 주장하고 다니며, 이상형을 부끄러움을 아는 남자라고 말하고 다닌 적이 있다.

지금은 많이 사라졌다고 해도 여전히 기자들에게는 유무형의 유혹이 올 때가 있다. 일하면서 나는 대단한 특종 기자가 되지 못하리라는 것을 일찌감치 알아버렸지만 적어도 부끄럽지 않은 기자만큼은 되고 싶었다. 한마디로 구린 건 안 하고 싶었다. 머릿속으로 시뮬레이션 돌렸던 여러 시나리오들과 다르게, 나의 기자 생활에서 첫 번째 유혹은 속세와 동떨어진 공간에서 일어났다.

한 사찰에서 화재 대비 소방 모의훈련을 한다며 취재 협조 요청 공문이 왔다. 그 즈음 국보급 문화재에서 큰 화재가 나면서 목조문화재가 화재에 무방비로 노출돼 있다는 것이 사회적 문제가 되고 있었다. 비판을 피하기 위해 소방청도 발 빠르게 대응했다. 유명 절이 소방서와 합동으로 소방 훈련을 하는 행사를 부랴부랴 마련한 것이다. 사회부 데스크는 스님들이 회색 도포자락을 휘날리며 소화기를 쏘고 일사분란하게 움직이는 게 뉴스에 내보내기에 '좋은 그림'이 된다고 판단했다. 나는 지시를 받고 취재를 나갔다.

일은 순조로웠다. 고즈넉한 산사에 화재경보기가 쨍-하게 울리자 스님들과 사찰 상근직원들은 각자 맡은 역할에 충실하게 시나리오대로 착착 움직였다. 이런 식의 모의훈련은 자칫 잘못하면 우스워 보일 수 있어서 최대한 긴박감이 느껴지도록 영상을 찍고 효과음을 적절히 넣어 잘 편집하는 것이 리포트의 성패를 좌우한다. 다행히 스님들은 취재에 적극적이었고, 사찰도 화재에 만반의 대비를 하고 있다는 것을 보여주고 싶어 해서 모든 게 협조적이었다. 관공서도 큰 화재 이후에 손 놓고 있지 않다는 걸 보도할 수 있으니 현장에 나와 이것저것 촬영 아이디어도 내고, 까다로운 카메라기자의 요구사항까지 잘 맞춰주었다.

'날마다 이런 취재만 하면 좋겠다!' 싶을 정도로 쉬웠다. 수려한 산사의 정기를 받으며 상쾌한 기분마저 들었다. 타사에 물먹을 취재도 아니어서 만사 오케이였다.

가벼운 마음으로 취재를 마치고 방송사 승합차로 발걸음을 옮기는 순간이었다. 아까 취재를 안내해주던 스님 한 분이 스윽 다가왔다.

"취재는 잘 됐나요?"

"네, 스님 너무 감사해요! 오늘 저녁에 뉴스 봐주세요. 감사합니다."

그렇게 인사하고 돌아서려는데 넓은 도포자락 안쪽에서 스윽, 흰 봉투가 나왔다.

"정 기자님, 식사라도 하세요."

"아닙니다, 스님. 저희 법인카드로 점심 먹으면 되고요, 괜찮아요!"

그런데 이 스님, 윗선의 미션을 받았는지 봉투를 쥔 손을 거두지 않았다. 나는 손사랫짓을 하며 뒷걸음질쳤다.

"아니에요, 스님!"

막무가내로 다가와서 찔러 넣으려고 한다.

"진짜, 진짜, 아니에요!"

그래도 다가오는 스님. 이를 어쩌나. 강경하다.

스님과 나는 엄숙해야 할 대웅전 앞마당을 옥신각신하며 한 바퀴 빙 돌았다. 누가 멀리서 보면 어른 둘이서 천진난만하게 술래잡기라도 하는 줄로 알았을 거다. 나는 기어코 봉투를 거절하고 돌아섰지만 스님은 조금 더 밀어붙여야 하는 건가 헷갈린다는 듯 영 찜찜하다는 표정을 거두지 않았다.

살다 보면 알게 된다. 공짜 밥은 없다는 걸. 거저 주는 걸로 보이는 것들도 사실은 대가를 지불하고 있다. 그게 당장은 보이지 않을 뿐. 무형의 대가가 실은 더 무섭다. 봉투를 받은 대가는 몇 만 원이 아니라 자존심과 직업적 양심일 수도 있다.

한 번 타협하기 시작하면 점점 타협하지 못할 게 없어지게 된다. 모든 사람이 각자 자기 자리에서 제 할 일만 잘하고 선을 넘지 않으면 세상에 뻔뻔하게 공짜 밥을 먹을 일도, 누군가에게 억지로 떠먹여줘야 할 일도 없다. 역시 세상에 쉬운 취재란 건 없구나, 정신이 바짝 들며 그날 오후 스님을 피해 숨이 차게 경내를 달리고 또 달렸다.

우리 사회에 스며들어 있는
기자의 갑질

"너 ○○○라고 알아?"

토요일 오후를 만끽하고 있는데 신도림 사는 친언니에게서 전화가 왔다. 씩씩대면서 다짜고짜 따져 묻는 말에 잠시 어안이 벙벙하다가 그게 누구냐고 되물었다. 그랬더니 일장 하소연이 시작됐다. 통화가 길어지겠다 싶어 TV 소리를 줄이고 소파에 비스듬히 누웠다.

통화의 요지는 이거였다. 자기가 사는 신축 오피스텔 주인과 방금 한판 벌였다는 거다. 오피스텔 창가 벽에 결로가 심해 곰팡이가 잔뜩 생겨서 언니는 집주인에게 전화해 뭐라도 좀 해달라고 요청했다. 집주인은 관리 못한 세입자 책임이니 오히려 물어내고 방을 빼라고 길길이 날뛰었단다. 말다툼이 점점 심해지자 집주인이 소리를 지르면서 갑자기 직업을 '커밍아웃'했다.

"내가 ○○방송사 기자예요. 이거 분쟁으로 가도 못 이겨요. 내가 아는 판검사만도 수두룩한데."

언니는 황당하면서도 판검사 소리에 움찔해서 전화를 끊자마자 나한테 연락을 해온 것이다.

"내 동생도 기자라고 말하려다가 참았어."

언니와 전화를 끊고 인터넷에서 찾아보니 사진이 실린 인터뷰 기사도 있었다. 그의 얼굴을 봤다. 곰팡이 때문에 판검사 친구 이름을 팔아먹을 사람 같아 보이지는 않았다.

내가 기자란 이름을 팔아먹지 않았다고 자신할 수는 없다.

어느 하루는 엄마가 너무 화가 나서 연락을 했다. 등산의류 매장에서 옷을 하나 샀는데 집에 와서 가격표 스티커를 떼보니까 엄마가 지불한 가격보다 더 쌌단다. 한번은 동생이 고속도로를 운전하고 가는데 앞 화물차에서 떨어졌는지 낙하물이 동생 차에 떨어지면서 큰일 날 뻔했다. 이럴 때마다 우리 가족은 "이런 건 왜 기삿거리가 되지 않냐!"며 무슨 신문고라도 되는 듯 나에게 전화를 해댔다. 친구들도 마찬가지다. 의료 사고부터 중고나라 사기, 뺑소니 누명 쓴 일까지… 애매하게 어려운 일이 있을 때 뭣도 모르는 나에게 전화를 걸어서 물어봤다.

그런데 곰곰이 생각해보면 공통점이 있었다. 문제를 해결해달라거나 기사를 내달라는 것이 아니라 그저 기자라고 전화 한 통 그쪽에다가 해달라는 거였다. 기자가 지켜보고 있다, 기사로 나갈 수도 있다, 라고 말하는 것만으로 그쪽에서 충분히 '쫄' 거란다. 꼼수 안 부리고 정석대로 처리할 거라며.

대학 4학년이던 2005년 캠퍼스 지하도서관 간행물 열람실에 앉아 있던 나는 농구선수 박승일의 루게릭병 투병 과정을 집중 조명한 '루게릭, 눈으로 쓰다' 신문기사를 보다 결심했다.

'이런 감동을 주는 글을 쓸 수 있다면 기자가 되고 싶다.'

그러고 나서 본격적으로 언론고시를 준비하며 머릿속엔 언론관이 생겼다. 힘 센 사람이 어리고 약한 사람을 무차별적으로 마구 때리고 있다. 이때 한 명이 나타나 그 폭행을 낱낱이 바라보면서 기록으로 남긴다. 그러면 힘 센 사람은 그 눈이 두려워 전처럼 때리지 못한다. 그게 언론의 힘이라고 생각했다.

지인들이 나에게 연락하는 것도 그 힘을 알기 때문이다. 기자가 관심을 갖고 있다는 것을 알게 된 공직자는 자기 맘대로 힘을 휘두를 순 없다. 이 사안을 지켜보고 있다는 걸, 여차하면 기사가 나온다는 걸 알게 된 이상 허투루 판단하지 않는다.

그래서 나는 전화 한 통 걸어달라는 주변의 마음을 이해한다. 실제로 전화를 걸어서 기자 신분을 밝히고 저간의 과정을 물어본

적도 몇 번 있다. 누군가를 윽박지르는 곰팡내 나는 전화는 한 적 없지만.

영화 〈내부자들〉을 본 친구들이 전화해서 묻는다.

"그런 일이 진짜 있을 수 있는 거야?"

난 어물쩍 넘어간다.

"나 같은 일개 평기자가 어떻게 아냐?"

그렇게 말하면서도 나는 모히또에 가서 몰디브 한잔하는 터무니없는 얘기만은 아니라고 속으로만 생각한다. 팔목을 썰어버리는 극악한 정도는 아니더라도 자잘하게 비겁한 일은 여느 조직과 마찬가지로 언론사에서도 수시로 벌어지기 때문이다.

한번은 방송기자가 되고 싶다는 대학교 4학년생이 인턴기자로 들어왔다. 내가 좀 한가해 보였는지 부장은 나에게 일대일 멘토를 전담하라고 지시했다. 인턴은 키가 크고 활달해 보이는 청년이었다. 커피 한 잔을 사주며 왜 기자가 하고 싶냐고 물었다. 나는 심사위원이 아니니까 그냥 선배라고 부르고 편하게 대하라고 했다. 그랬더니 한숨을 푹 쉬고 분한 표정으로 얼굴을 바꾸며 말했다.

"선물받는 사람이 되고 싶어서요."

그건 마치 동네 공터에서 평화롭게 배드민턴을 치고 있는데 반대편에서 테니스공이 날아온 것 같은 난데없는 답변이었다. 나는 할 말을 잃었다.

그는 다른 회사에서 인턴을 하며 서러운 일을 많이 겪었다고 했다. 그때 명절 연휴가 끼었는데 회사가 그에게 시킨 일이 명절 선물을 돌릴 명단을 한 무더기 주면서 일일이 자택주소를 체크하는 전화를 돌리는 것이었다. 그중에는 기자가 꽤 있었다고 했다. 그걸 보고 차라리 기자가 되자 마음먹었단다.

"모멸감이란 게 있잖아요. 거기서 당한 착취며 멸시란 진짜…. 그래서 기업 때려잡는 기자가 돼서 꼭 다시 그 회사에 쳐들어가고 싶어요."

2주 동안 나는 기자가 하는 일이 그렇게 기업 때려잡는 건 아니라는 걸 보여주기 위해 그를 날마다 취재현장에 데리고 다녔다. 간단한 기사를 직접 써보게 하고, 잘못 쓴 걸 고쳐주기도 했다. 그는 말귀를 잘 알아듣고 곧잘 해내는 편이었다. 그러다 멘토링 기간이 끝나갈 즈음 갑자기 나에게 물었다.

"선배, 사회의 불법을 비판하려면 기자 자신부터 결백해야 하지 않습니까?"

"그야 그렇지."

"그런데 왜 선배는 자꾸 무단횡단을 하십니까?"

회사 앞에 있는 (신호등이 유명무실해진) 왕복 2차로 횡단보도를 막 건너다녔던 걸 지적한 거다. 다시 한번 말문이 막혔다. 단정하게 해줄 말이 생각나지 않았다. 무단횡단 하는 나를 보면서 그것조차도 이중적인 기자의 모습이라고 느꼈을까?

우리는 그렇게 헤어졌고, 그가 계속 기자의 꿈을 이어갔는지는 잘 모르겠다. 나는 기자를 하겠다는 대학생들을 보면 가끔 그 인턴이 생각난다. 그 뒤로 여러 명을 더 멘토링했고 그들은 여러 언론사에서 건실한 기자가 됐다. 하지만 처음 만난 그가 기자가 됐다는 얘기는 결국 들려오지 않았다. 기자에 대한 안 좋은 기억을 나까지 심어준 것 같아 조금 미안하게 생각하고 있다.

3

오늘도 부끄러워지고
말았습니다

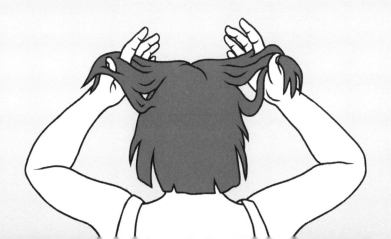

가난은 죽음의 순간마저도
가장 고통스럽게 한다

첫 회사를 그만두고 퇴직금을 탈탈 털어 어학연수를 가기로 했다. 비행기 출발 시각은 저녁이었지만 설레는 마음에 일찌감치 공항에 도착했다. 독일 프랑크푸르트를 경유해 영국 런던으로 가는 여정이었다. 발권 창구가 열리자마자 상기된 표정으로 다가갔다. 모니터로 예약을 확인하던 승무원은 마치 포춘 쿠키가 든 바구니를 건네는 일처럼 거절당하지 않을 거란 확신에 찬 미소를 지었다.

"오버부킹이 돼서요, 비즈니스 석으로 업그레이드 해드려도 될까요?"

내게도 이런 일이! 찌들었던 회사 생활에서 탈출하는 이 시점에 이런 행운이 따르다니. 내 평생 비즈니스 석에 엉덩이 한 번은 붙여보는구나 싶었다. 역시 새로운 걸 시작할 때는 누군가의 작은 응원이라도 필요하다. 그 사람이 처음 만난 항공사 직원일지라도.

나는 그렇게 잔뜩 신이 난 채 비행기에 올랐다. 비즈니스 석이 일상인 것처럼 보이는 승객들이 무료한 표정으로 앉아 있었다(왜 이코노미 석 승객이 표정은 더 밝은 걸까?). 내 옆자리도 그랬다. 이 중년 남자는 넥타이만 안 맸지 정장까지 갖춰 입었다. 비행기에서 옆자리에 앉은 사람과 말을 섞었는데 알고 보니 경영 수업 때문에 공부하러 가는 젊고 자유분방한 재벌 3세였고, 기막힌 우연들이 밀푀유 페스트리처럼 겹겹이 겹치면서 둘은 결국 사랑에 빠지게 되는, 그런 환상 스토리는 이륙과 함께 증발했다.

그럼에도 불구하고 한없이 두근거리는 비행이었다. 잠자는 시간조차 아까워서 다이어리에 그때그때 생각나는 단어들을 진지하게 끄적거렸다. 이를테면 'There is no alternative'(대안은 없다)와 같은, 짧지만 결연한 문장들이 페이지를 채워갔다.

그렇게 꿈이야 생시야 신나 하다가 마지막 기내식을 먹을 때였다. 어쩌다 옆자리 남자와 시선이 마주쳤다. 쌩-하고 고개를 돌리기엔 왠지 매너 없는 것처럼 여겨지는 순간, 어색함을 감지한 남자가 먼저 말을 걸어왔다. 나는 어학연수 가는 길이라고 말했고, 남자는 출장이라고 했다. 뜨문뜨문 대화와 침묵이 오갔다.

잠시 뒤 비행기가 고도를 낮추면서 구름 아래로 목가적인 독일의 풍경이 눈에 들어오기 시작했다. 나는 혼잣말하듯 말했다.

"와, 우리나라랑 땅 색깔부터 다르네."

그러자 남자는 토양에 무슨 성분인지가 많아서 그렇다고 전문가 포스를 풍기며 설명했다. 농약 회사에 다니기 때문에 직업상 잘 안다고 했다.

"농약 회사요? 전 농약 하면 그라목손밖에 생각이 안 나네요."

"엇? 젊은 아가씨가 어떻게 그라목손을 알아요?"

"음, 저도 직업상이죠."

응급실은 내가 그저 평소 같기만을 간절히 바라는 공간이다. 고통이 있는 사람은 고통이 사라지기를 원한다. 호흡을 헐떡거리는 환자는 숨을 쉬게 되기만을 간절히 바란다. 피를 흘리는 사람은 상처가 붙어 온몸에 적당량의 혈액이 흘렀으면 한다. 여기서는 아무 일도 없다는 것이 얼마나 다행스럽고 절절하게 감사한 일인지 알게 된다.

사회부에 있으면서 병원 응급실에 자주 드나들었다. 총 맞는 사람도, 폭행 피해자도, 교통사고를 당한 사람도 일단 응급실로 이송되기 때문에 어디서 무슨 사건이 났는지 가장 빨리 알 수 있어서다.

하루는 응급실에 들어서자마자 이상한 기운을 감지했다. 다른 날은 환자와 가족들의 항의, 간호사들의 짜증 지수를 높일 법한 요구가 뒤섞이면서 웅웅 소란스러웠지만 이날만큼은 짙게 깔린 적

막만이 공간을 장악하고 있었다.

평소 내가 "형님, 형님."이라고 능청스럽게 부르면서 가깝게 지 낸 응급실 직원이 입구에 우물쭈물 서 있는 나를 발견하더니 입에 검지를 조용히 댔다. 그리고 메모지에 뭔가를 써서 내 쪽으로 들어 보였다.

그라목손. 처음 본 단어였다. 분위기에 압도당해서 지체 없이 응급실을 빠져나와 선배에게 그게 도대체 뭔지 물어봤다. 농민들 이 자주 사용하는 제초제 이름이란다. 값이 싸고 제초 효과가 탁월 해서 농가에서 많이 쓰인다고 했다. 밭에 치기만 하면 잡초는 깡그 리 죽는다니, 나이 들고 일할 사람 없는 농가에서는 시름을 덜어주 는 효자로 불린다고 한다.

그런데 뛰어난 효과만큼 독성이 매우 강해 티스푼 한 숟가락 분 량만 마셔도 오장육부가 다 타들어간단다. 실수로 몸에 난 다른 상 처 부위에 농약이 닿기만 해도 목숨을 잃는 경우까지 있었다. 그 고통이란 이루 말로 표현할 수 없는, 죽음보다 더한 고통이다. 하 루 이틀이 지나면 폐가 돌처럼 굳어가고 질식하듯이 고통을 느끼 다가 결국 죽는다. 천천히 가장 고통스럽게 안에서부터 타들어가 는 죽음이다.

농촌 지역에 있는 병원 응급실은 일주일이 멀다하고 그라목손 음독 환자를 받았다. 그런 날이면 나는 고통스러워하는 환자가 있 는 응급실로 한 발짝 들어가는 것도 힘겨웠다. 의사와 간호사도 마찬가지였다. 그들이 엄청난 고통을 산 채로 겪어야 하는 것을 안타깝게 지켜볼 뿐 어떻게 손쓸 방법이 없었다.

나는 그들 곁으로 다가가지 못했지만 그때의 공기만큼은 똑똑히 기억한다. 생명이 고통스럽게 죽어가는 공간의 공기는 텁텁하고 눅진했다. 가장 확실한 방법이라고 생각해 선택했지만 죽음보다 고통스러워서 빨리 죽여달라고 눈빛으로 애원하는 그 처절한 무언無言의 외침. 선택의 배경에는 대부분 생활고나 불어난 빚더미가 도사리고 있었고, 손만 뻗으면 닿을 만큼 가까이 있는 죽음의 약에 그들은 너무도 쉽게 목숨을 맡겨버렸다.

죽을 때는 빈부 차 없이 사람 다 똑같다고 하지만 가난은 죽음의 순간까지도 가장 고통스럽게 했다. 그 죽음은 대도시에서는 찾아보기 힘든 자살 형태였다. 세상에서 마지막 정을 떼내는 고통. 이러한 죽음은 남는 자와 가는 자 모두에게 결코 지울 수 없는 상처를 남긴다.

나는 응급실의 농약 음독 자살자들을 떠올리며 독일의 검은 토양을 내려다봤다. 옆자리 남자는 자신도 그런 사고에 책임감을 느끼고 있다며 침울해했다. 재벌 3세가 아니라서 회사에서 파는 상품을 결정할 처지도 아니었다. 작은 존재들인 우리는 말을 더 잇지 않고 고요하게 침묵했다. 날이 맑아서 거름처럼 새까만 평야가 눈에 더 들어왔다. 비행기는 서서히 고도를 낮추고 있었다.

"새 출발 잘하십시오."

"아, 네. 감사합니다."

그렇게 평생 다시 볼 일 없는 우리는 깍듯하게 인사를 나누고 각자의 걸음을 재촉했다.

그 대화 이후 몇 년이 지나고 그라목손 국내 생산과 유통이 중단됐다. 선진국에서는 1980년대 말부터 이미 판매를 금지한 것과 비교하면 우리는 한참 늦은 결정이었다. 이후에 농민들의 자살률이 확실하게 감소했다는 기사를 읽었다. 그렇다면 그 숱한 죽음들은 우리 사회가 진즉 막을 수 있었던 게 아니었을까. 그날의 기억이 더 가슴 아프게 남아 있는 이유다.

폐지 줍는 어르신에게서
삶을 배운다

그렇게 나는 퇴직금을 털어 영국 어학연수를 시작했다.

어학원 생활이란,

"Are you on Facebook?" (너 페이스북 하니?)

라고 하지 않고,

"Do you have Facebook?" (너 페이스북 가지고 있니?)

라고 해야 알아듣고 친구를 맺는 엉터리 영어 대화가 판치는 세상이었다. 좋게 보면 인종, 나이, 성별을 초월해 모두가 마크 저커버그인 공간이었다.

수업 시간. 가장 좋았던 여행을 각자 발표하기로 했다. 브라질 여학생은 호화 크루즈 세계여행을, 케냐에서 온 남학생은 영국에 저택 다섯 개를 보유한 삼촌과 함께한 영국 전역 여행을 뽐내듯이 말했다. 나는 완도Wan-island의 명사십리 해수욕장 여행이 지금까지 가장 좋았다고 말했다. 그러면 저 동양 여자애가 왜 저러지 하는 표정으로 수업 분위기가 냉랭해졌다. 대부분 철이 없어서 사악한 젊은이들이었다. 무엇보다 다들 영어공부는 뒷전이었다. 무리지 어 펍Pub에 가고 파티에만 골몰하는 이들이 어학원에서는 어깨를 펴고 다녔다.

그런 환경에서 나 홀로 성실한 학생의 길을 걷는 건 무척 고독한 일이었다. 나는 날마다 파티 대신 시내 도서관으로 향했다. 가는 길목에는 빨간 조끼를 입은 이들이 잡지를 손에 들고 서 있었다. 그들은 노숙인 재활을 돕는 〈빅 이슈〉Big Issue 잡지 판매원이었다. 잡지를 파는 노숙인들은 산타할아버지처럼 모두에게 공평하게 웃으며 인사했고, 특히 나 같은 초행자들에게는 친절히 길을 알려주기도 했다.

나는 어느샌가부터 한 노숙인과 친해져서 며칠에 한 번씩 허름한 카페에 앉아 차를 마시며 이야기를 나눴다. 짧은 시간이었지만 손짓발짓 섞어가며 속 얘기를 더듬더듬 표현했다. 그는 인내심을 갖고 내 말을 들어줬다. 거처를 마련해 가족과 다시 살고 싶다는 꿈을 털어놓기도 했다. 오락가락 비 내리는 영국의 변덕스러운 날씨에도 같은 시간, 같은 자리를 지키면서 잡지를 파는 성실함이 날

따뜻하게 했다. 내가 조금이라도 영어가 늘었던 건 어학원이 아니라 순전히 그 시간 덕분이었다.

그렇게 9개월 영국 생활을 마치고 다시 한국으로 돌아와 한 방송사에 경력직으로 들어갔다. 어느 가을날이었다. 경기가 워낙 어렵다 보니 젊은이들까지 폐지 줍는 일에 뛰어들어서 노인들이 더 어려움을 겪는다는 얘기를 듣고 현장 취재를 하기로 했다. 고물상은 전날 미리 섭외했고, 폐지 줍는 이들은 길거리에서 찾아 따라다녀야 했다.

새벽에 취재를 나갈 때면 몸이 천근만근이다. 전날부터 잠이 오지 않는다. 취재가 생각처럼 잘 안 되면 어떡하지? 갑자기 촬영을 거부하면 대안은 있나? 인터뷰를 다 따고 나서 모자이크를 요청하면 알겠다고 해야 하나? 오만 생각이 다 든다.

그날 새벽, 눈을 떴을 때 굵은 장대비가 주룩주룩 내리고 있었다. 기상청 예보는 역시나 어긋났다.

"하필 오늘⋯ 비 때문에 누가 폐지 줍겠어? 우리 망했다."

그래도 새벽에 촬영팀까지 회사에 모였으니 일단 현장에 가보기로 했다. 전화로 섭외해뒀던 고물상에서 미리 알려준 폐지 수거 주요 거점들을 차로 천천히 이동하며 훑었다. 새벽 4시. 아직 어두웠고 도로에 깔린 습한 기운이 뼛속으로 스며드는 것 같았다. 비 오는 도시의 새벽은 흙냄새가 났다. 버스와 차가 다니기 시작하면서 하루가 이미 시작됐지만 조금만 골목으로 들어가면 아직 한창 어둠이 내려앉아 있었다.

어둠 속에서 희미하게 어르신들이 보였다. 작은 몸을 구부려 땅을 보며 움직이는 할머니가 있었다. 빠르게 할머니 옆으로 다가가서 최대한 살갑게 말을 붙였다.

"할머니! 저 방송국에서 왔는데요! 저희가 폐지 주우시는 거 카메라로 좀 찍고 인터뷰 한 번만 해주시면 안 될까요?"

"아이고, 나 같은 걸 왜 찍는디야."

"최대한 방해 안 할게요. 얼굴도 안 나가게 할게요. 그냥 평소하던 대로 하시면 돼요."

"호호호, 아이고- 오야."

건물에서 폐지를 내놓는 거점들을 따라 할머니는 정말이지 빠르게 움직였다. 불필요한 동작은 단 하나도 없었다. 최단거리로 계단을 오르내려서 박스나 파지를 모아 납작하게 정리해 끈으로 묶고 수레에 실었다. 그리고 또 다른 장소로 이동하고, 또 이동했다. 이것을 사람들이 일어나기 전에 모두 끝내야 했다. 할머니는 폐지를 묶으면서 큰아들이 미국 유학도 갔다며 자식 자랑도 빼놓지 않으셨다.

할머니와 짧은 인터뷰를 하고 나오는데 편의점 앞에 리어카를 세워두고 박스를 정리하고 있는 한 할아버지와 마주쳤다. 나는 비를 맞으며 뛰어갔다. 카메라기자도 레인커버를 씌운 카메라를 어깨에 메고 경중경중 뒤따라왔다.

"할아버지! 요새요, 젊은 사람들까지 폐지 줍는다면서요. 어떠세요?"

"아이고 힘들지. 젊은 사람들은 트럭 가지고 다녀서 기동성이 있으니까 막 쓸어 가버려. 파지금(폐지 가격)도 떨어져서 하루 종일 해도 삼천 원, 사천 원 벌어."

"오늘 비도 오는데 좀 쉬지 않으시고요?"

그때였다. 박스를 납작하게 만들던 일을 멈추고 나와 눈이 마주친 첫 순간이.

"아, 이래봬도 내 단골이 있으니까."

살짝 미소를 지었다가 이내 '요새 젊은 것들이란 늘 그런 바보 같은 질문을 한다니까'라는 표정으로 바뀌었다. 확실히 어리석은 질문이었다고 생각한다. 하지만 기자는 철판 깔고 우문을 던져야 할 때가 있다고 핑계 대고 싶다. 때로는 우문에서 현답의 깊이가 더 부각되기 때문이다. 깊게 패인 주름 사이마다 빗물이 고인 할아버지는 날마다 폐지를 치워줘야 단골 가게들이 든든해한다는 말을 덧붙이고 사라졌다.

누구보다 평범하고 지극히 단순한 하루지만 그 성실한 새벽에는 단단한 자부심이 담겨 있었다. 자존감이 있었다. 문득 어릴 적 낡은 자개장롱 속 솜이불 위에 몰래 올라가 문을 닫고 웅크리고 있을 때의 아늑한 기분이 오랜만에 떠올랐다. 평범하게 살아도, 폼

안 나게 살아도, 늙어도, 자존감이 있으면 행복할 수 있을 것 같았다. 멀어진 노인의 뒷모습을 보며 어느새 으슬으슬했던 한기도 물러갔다는 걸 깨달았다. 낯선 땅에서 함께 차를 마셨던 노숙인과 할아버지의 얼굴이 서로 꽤 닮아 있다는 걸 떠올리면서 긴 새벽 취재를 마쳤다.

타인을 할퀴는 특별함보다
평범함의 위엄을

생각해보면 나는 무언가 새로운 걸 배우는 속도가 더딘 편이다. 영어를 처음 배울 때는 p와 q가 아무리 봐도 똑같아 보여서 좌절했다. 대문자도 아닌 소문자라면서 이렇게 비슷하게 생겨먹어서 알아볼 수나 있담? 남들은 다 F 발음을 배우고 중학교에 올라왔는데 나는 발음할 때 아랫입술을 살짝 물었다 떼는 게 어떤 느낌인지 도통 몰랐다. 그걸 알게 되는 데에 꼬박 한 학기가 걸렸다.

몸 쓰는 것도 젬병이었다. 수영을 배울 때는 2주 동안 물속에 머리 넣는 것조차 못해서 강사가 날 포기할 뻔한 순간, 겨우 물 공포증에서 벗어났다. 킥판을 잡고 발차기를 하며 아주 조금씩 앞으로 나아간 것이다. "못할 줄 알았어요."라는 강사의 말에 난 멋쩍

게 웃고 돌핀반 레인의 맨 끄트머리에서 진도를 따라갔다.

인생에 번쩍 하고 숨은 재능이 떡하니 드러나는 행운 같은 건 없었다. 늘 바지런히 익혀야 했다. 그래야 남들이 뛸 때 겨우 따라잡을 수 있었다. 지루함을 버티고 쪽팔림을 참아내는 인내심이 어느 정도 있어야만 겨우 성과를 거머쥘 수 있었다.

그건, 내가 어느 분야에서건 특출한 재능 없는, 그냥 평범한 사람이기 때문이다. 뛰어나거나 색다른 점이 없다는 것. 나는 그런 평범함이 못마땅했다.

그러던 어느 날이었다. 북한에 간 문재인 대통령이 북한 주민 15만 명 앞에서 연설하는 장면이 생중계되고 있었다. 나는? 늘 그렇듯 좌식테이블 앞에 앉아 라면을 막 한 젓가락 할 참이었다. 면발은 너무 끓인 탓에 푹 퍼졌고 계란이 들어간 국물은 탁했다. 그저 그런 때우기식 한 끼가 내 앞에 놓여 있었다. 불어터진 라면을 먹으면서 대통령의 북한 연설을 봤다. 그런데 TV에 나오는 연설을 보는 동안 점점 그게 SF영화의 한 장면처럼 꽤 비현실적이라는 생각이 들었다. 문 대통령의 자연스럽고 꾸밈없는 솔직한 단어들이 나올 때는 현실로 돌아왔다가 이상하게 열렬한 북한 주민들의 박수 소리와 어우러지면 이 상황이 대단히 비현실적으로 느껴졌다. 그 간극 때문인지 가슴이 묘하게 두근거렸다.

그리고 며칠 뒤 이 연설에 대한 한 편의 글을 읽게 됐다. 염무웅

문학평론가가 쓴 신문 기고문이었다. 그는 그날의 연설에 대해 이렇게 표현했다.

> 그 모든 평범함이 도달할 수 있는 최고의 절정을 순도 높게
> 결합한 위엄과 역사성을 보여주었다.

어려운 긴 문장을 헤치고 내 눈에 도드라진 두 단어는 '평범함의 위엄'이었다. 나는 이 서로 어울리지 않는 두 단어가 한 문장 안에서 어울려 있는 것을 처음으로 접했다. 입에 붙지 않은 어색한 느낌이었지만 여러 번 소리 내 읽을수록 은은한 위로를 받았다.

평범함의 위엄이라니.

평범한 내가 가진 것이라고는 남에게 영향을 미치기는커녕 나의 일상을 겨우 살아내는 미약한 힘뿐이다. 생각의 범위는 평범한 일상에 알맞게 적당히 조절되었다. 그런 나에게도 위엄 같은 대단한 게 있을 수 있을까?

내가 아는 한 동생은 대학을 졸업하고 사회복지사가 됐다. 결혼 때문에 이사를 가게 돼 일을 그만뒀다가 재취업에 나섰다. 경력단절의 벽이 높았는지 잘 되지 않아 신발 가게 파트타이머로 들어갔다. 의기소침해 있을 줄 알았더니 하는 말이 "신발을 사러 온 손님들한테요, 맘에 드는 걸 같이 찾아서 신겨주고, 그걸 사 가면 기분

이 진짜 좋아요. 재밌어요."였다.

통통 구르듯 말하는 모습을 보면서 나도 덩달아 기분이 좋아졌다. 그 이후로 자신의 하루를 사랑하고 소중히 여기는 동생이 다르게 보이기 시작했다. 그것은 제 자리에서 제 몫을 해내며 직업에 자존감을 느끼며 사는 사람의 평범한 위엄이 담긴 모습이었다.

어릴 적 엄마는 몸이 약했는데도 네 자녀를 낳아 기르느라 병원을 자주 오갔다. 엄마 표현대로라면 몸이 종잇장처럼 투명해지고 금방이라도 바스라질 것 같았다고 한다. 집안 형편이 어려워지자 엄마는 기를 쓰고 밤낮으로 주택관리사 시험을 준비해 자격증을 땄고 맞벌이 생활을 시작했다. 덕분에 네 자녀는 모두 학업을 마치고 제 몸 건사하면서 살게 됐다. 이제 60 중반이 된 엄마가 어느 날 이런 말을 했다.

"그렇게 너희 넷 키우느라 찢어지게 힘들었을 때도 은행에 기어코 찾아가서 불우이웃돕기 성금을 3만 원씩 냈어."

그 말을 하는 순간 엄마 눈에서 반짝 빛이 났다. 다른 사람을 도우면서 살았다는 엄마의 자존심. 남에게 빚을 지기도 했지만 결국 다 갚아냈다는 자부심. 그런 것이, 그저 하루를 살아내는 것이 아니라 하루를 어떻게 살지 결정한 자의 평범한 위엄이지 않을까?

사람들을 인터뷰해온 기억을 돌이켜보면 특별함으로 포장한 사람은 늘 나를 불편하게 했다. 우리는 뉴스에서 스스로 남다르고 대단하다고 여기는 사람들이 약자 앞에서 행하는 폭력이 얼마나 추악한지를 심심치 않게(너무 자주) 목격하고 있지 않나. 오너가(家)에서 운전기사에게 갑질하고, 일등석에 앉아 승무원에게 라면을 끓여오라고 난동을 부리고, 직원에게 생닭에 칼을 휘두르게 하고, 청문회에서 얼굴색 하나 안 변한 채 뻔뻔스럽게 거짓말을 늘어놓고, 디자이너라는 꿈 하나만 보고 온 청춘들을 열정페이라는 이름으로 착취하고, 음주운전은 살인행위라더니 본인이 음주운전을 하고도 얼굴을 빳빳이 들고 산다. 스스로가 특별하다고 생각하는 이들의 뻔뻔함에는 일말의 부끄러움도 없어 보인다.

이제 우리는 다 알고 있다. 평범하게 사는 것도 꽤 어려운 일이라는 것을. 어떻게든 이 세상에서 살아남아야 했고, 그렇기에 날마다 열심히 살아야 했다. 그래도 이런 평범한 하루를 만들어내면서 조금씩 성장하고 있다. 자의든 타의든 완전연소 하면서 끝까지 해낸 기억도 몇 개 있고 말이다. 그렇게 살다 보면 어딜 가서 무슨 일을 해도 살아갈 수 있겠다는 자신감이 붙기도 한다.

나는 내 삶의 방식을 조금씩 만들어가면서 살고 있(다고 믿고 싶)다. 끊임없이 옳은 쪽으로 가치 판단을 내리려 하고, 그런 경험이 쌓여 나를 만든다. 역시 더디게 배우고 줄 끄트머리를 따라잡으며 겨우 익히고 있지만. 내가 추구하는 이상적인 삶은 아직 완성되지 않은 현재진행형이다. 평범함의 위엄을 보여주면서 살고 싶다.

최선을 다해
비틀즈를 던졌다

지금껏 살면서 무언가를 치열하게 해본 적이 몇 번이나 있을까. 생각해보면 많지 않다. 대부분은 내 노력에 비해 성과가 빛나지 않을 거란 걸 알고 전력을 다하지 않았다. 나중에 실망하기 싫어서였다. 혹독한 일을 마주했을 때 앞으로도 쭉 그런 일들이 출구 없이 이어질 거란 생각에 그렇게까지 열심을 쏟아 부으면서까지 하고 싶지는 않았다.

한참을 그렇게 살다 보니 내 머릿속에 그리는 나의 모습과 현실은 점점 괴리되어갔다. 나만 그런 건 아니었다. 다들 그렇게 살았다. 남에게는 예리한 칼끝을 겨누면서도 스스로에게는 한-없이 관대한, 그럼에도 마음속에는 근거 없는 낙관론을 가진 사람들이

널리고 널려 있다.

스무 살에 만들었다고 믿기지 않을 만큼 깊이 있는 서태지와 아이들의 노래 가사처럼 '모든 것이 이제 다 무너지고 있어도' 환상 속에 살고 있는 사람들이 많다. 나도 마찬가지였다. 환상에서 벗어나 거울과 마주한 나는 한마디로, 볼품없었다. 작은 바람에도 이리저리 휩쓸리며 괴로워했고, 다른 사람이 보는 나와 진짜 나라고 생각하는 내가 달라 우울했다. 그러던 중에 진심을 담아서 뭔가를 해본 게 정말 오래됐다는 생각이 들었다. 전력질주 해본 적이 그 언제였던가. 생각이 꼬리에 꼬리를 물다가 어린 시절의 한 장면이 퍼뜩 생각났다. 지금은 메말라 있는 내 소우주가 한창 활발하게 만들어지고 있던 그때 말이다.

어릴 적 내가 다닌 초등학교는 차로는 10분이면 갈 수 있지만 시내버스로는 뺑뺑 도는 노선 탓에 30분이 걸렸고, 어른이 걸으면 45분, 어린아이는 한 시간 가까이 바지런히 걸어야 도착할 수 있었다. 초등학생에게는 꽤 먼 여정이었다. 하지만 어린 나는 집에 갈 때마다 80원 하는 버스 요금을 아껴 친구들과 50원짜리 가래떡 떡볶이 한 줄을 사 먹고 기꺼이 걸어갔다. 도보 귀가 횟수는 점점 늘어나서 초등학교 4학년부터 6학년 때까지 3년간은 당연한 듯 한 달에 하루 이틀 빼고는 걸어서 귀가했다. 그쯤 되자 또래에 비해 반 뼘 정도 키가 컸던 나는 한 시간 걸리던 길을 40분대에 너

끈히 주파할 수 있게 됐다.

6학년 무렵의 어느 더운 여름날이었다. 그날따라 다른 친구들은 버스를 타고 가거나 교문 앞에서 기다리던 엄마와 함께 돌아갔다. 결국 나 혼자 남았다. 친구 없이 걷는 건 영 신이 안 났다. 집으로 가는 길 중간쯤에 있는 대학교 앞 가게들도 눈에 들어오지 않았다. 분식점에 혼자 가는 건 어린 나이에도 퍽 처량해 보였다. 다른 아이들은 벌써 엄마와 집에 도착했겠지! 하는 마음에 걸음은 더 느려졌다. 날이 더워 가로수에서 가로수로 징검다리 건너듯 가면서 그늘 속에 더 머무르고만 싶었다.

선영이, 지혜, 현선이는 그새 용돈이 올랐나? 그래서 걸어갈 필요가 없어졌나? 일 나간 엄마가 미워졌다. 나는 집에 도착해 빈집에서 혼자 라면을 끓여 먹어야 했다. 아니면 중학생인 언니가 돌아와 계란 프라이에 간장을 넣어 휘휘 비벼줄 때까지 쫄쫄 굶으며 기다려야 했다.

더 이상 가로수 그늘이 보이지 않고 얼굴은 더위로 벌개졌을 때 새로운 길이 나타났다. 요사이 낡은 주택들을 부수고 아파트를 짓기 위해 터 닦는 공사가 한창이었는데 그 공사장 가림벽을 따라 샛길이 하나 난 것이다. 가던 길로 갈까 하다가 그날따라 우울한 기분에 사로잡힌 열세 살 소녀는 그동안 가보지 않은 길로 방향을 돌렸다.

공사장 길 초입에 들어섰을 때였다. 어디 숨어 있었는지 내 무름을 넘는 몸집이 크고 누런 개 한 마리가 나를 향해 다가왔다. 우리 또래는 그렇게 주인 없는 개들을 '미친개'라고 불렀다. 미친개가 출몰하는 곳은 아이들에겐 금지 구역이었다. 그곳에 지금은 오직 나뿐이었으므로 누구도 이 문제를 대신 해결해줄 수 없었다. 놀란 나는 뒷걸음질을 쳤다. 물러선 것보다 조금 더 가까이 개가 다가왔다. 나는 주머니 안에서 놀고 있던 비틀즈를 꺼냈다. 존 레논과 폴 매카트니, 그도 아니면 링고 스타가 짠 하고 나타나 날 지켜줬으면 좋았으련만, 그것은 그저 사탕과 캐러멜의 중간쯤 되는 과자였다. 땅바닥으로 비틀즈를 힘껏 던졌다. 타다닥.

Let it be, let it be.

내버려 둬, 그냥 내버려 둬.

날 내버려 두길 바라며 비틀즈를 한 줌 집어 던진 내게 개는 비로소 미친개의 명성을 가감 없이 드러냈다. 한번 비틀즈의 맛을 보고 광팬이 됐는지 이젠 아예 치마를 입은 내 맨다리에 축축한 코를 들이밀기까지.

그 코가 닿는 순간, 결심했다. 뛰어야겠다고. 나는 내 13년 인생에서 가장 빨리 달려야 했다. 내가 간 길이 과연 길이었는지도 모르겠다. 그저 우리 집 쪽으로 미친 듯이 내달렸다. 미친개를 상대해 살아남는 유일한 방법은 미친 듯이 달리는 길뿐이라고, 어린 나는 생각했다. 비틀즈에 중독된 개의 코가 발뒤꿈치에 느껴졌다. 아찔했다. 그때마다 나는 1센티미터라도 더 격차를 내기 위해 가랑이가 찢어지도록 다리를 넓게 벌려 냅다 달렸다. 마침내 내가 사는 아파트 입구가 보였다. 개는 이미 질주의 목적을 망각한 듯 나를 앞지르고 있었다. 너무 절망적이었다. 죽도록 달려 아파트 상가 1층에 있는 슈퍼마켓으로 뛰어들었다. 맨 안쪽 화장지 진열대까지 뛰어가 숨었다. 고개를 비쭉 내밀어 동태를 살피니 비틀즈 중독견은 안으로 들어오지 못하고 헐떡대며 입구를 빙빙 돌고 있었다. 작은 나의 입에서는 피비린내가 감돌았다. 비릿함이 사라질 때까지 침을 꼴깍꼴깍 삼켰다.

그것은 죽을힘을 다해 무언가를 해내본 첫 경험이었다. 그때의 오금 저리는 기분과 살아남았다는 안도감이 지금도 생각난다. 혼자 고독하게 미친개를 상대해야 했던 잔인한 순간이었고, 인생은 결국 엄마 아빠와 함께할 수 없는 혼자라는 교훈을 준 쓸쓸한 경험이었다. 그렇지만 죽도록 최선을 다했던, 내 인생의 첫 순간이기도 했다.

삶은 분명 최선을 다한 순간들이 축적돼 만들어지는 것이란 건 내가 지금까지도 저 때를 또렷하게 기억하고 추억하는 걸 보면 맞는 말 같다.

미안하지만
친절이 주업무는 아니니까요

"얻다 대고 서비스래!"

의학 드라마 〈라이프〉에서 인상 깊었던 장면이 있다. 새로 부임한 대학병원 사장 조승우가 응급의학과나 산부인과 같은 적자 진료과목 의사들을 지방으로 보내는 고강도 구조조정 계획을 세운다. 여기에 의사들도 보험이나 건강식품 판매에 동참하라고 하자 모두들 집단 반발한다. 새 사장의 공지는 선전포고다.

'의료서비스 질을 개선하기 위해 모든 것을 바꾸겠다.'

공지를 읽은 신경외과 센터장 문소리는 한쪽 눈썹을 위로 치켜올리며 더러운 오물에 침을 카악 퉤 뱉듯이 말한다.

'얻다 대고 서비스래.'

정확히는 '어.따.대.고.'라고 한 글자 한 글자 힘주어 말한다.

자신의 직업에 서비스의 굴레가 씌워지면 노동은 대단히 가혹해진다. 목표가 고객 만족이 아니라 맡은 업무의 성과라면 업무 관계가 명확해진다. 반면 서비스직은 업무 범위가 안개처럼 모호하다. '고객님 마음을 감동시킬 때까지…'라는 게 얼마나 불가능한 미션인가.

방송사에 다닐 때 유명 프로그램 제작 피디 출신 사장이 있었다. 간부로 있다 처음 사장이 된 그는 매우 의욕이 넘쳤다. 지역 방송사에 처음 와서 보니 모든 게 고인 물 같았을 것이다. 그렇다고 '우리는 1급수처럼 아주 잘 흘러가고 있다고요!'라고 강력하게 힘줘 말할 자신은 없는 난처한 상황이었다.

새 사장은 모든 걸 바꾸기 시작했다. 갑자기 방송사는 지역사회나 지역대학에 기부를 해야 한다며 직원들을 모아놓고 열변을 토했다. 광고며 협찬이며 돈을 받을 줄만 알았지, 우리가 돈을 낸다고? 재정이 좋은 편도 아닌데 왜? 사장은 검은색 세단이었던 사장 관용차를 소형차로 바꾸겠다고 선언했다. 권위주의를 벗어나야 한다며 기어코 차를 바꿔 타고 다녔다. 직원들은 또 당황했다. 기자들에게도 직격탄이 떨어졌다. 보도국 명칭을 바꾸겠다는 선언이었다. 뭐로?

'보도서비스국'

새 사장은 말했다.

"시청자들에게 다가가려는 의지를 보여주는 차원입니다. 방송은 기본적으로 서비스입니다. 그 사실을 강조하기 위해 보도서비스국으로 다시 태어납시다."

조승우와 전혀 비슷한 구석이 없었던 새 사장의 선언에 동조하는 기자는 단 한 명도 없었다. 물론 문소리와 닮지 않은 나도 반발했다. 가전제품 A/S센터도 아니고 보도국을 서비스국으로 바꾼다니. 결국 소속이 보도서비스국으로 바뀐 명함이 모든 기자에게 새로 지급됐다. 몇 년의 시간이 흘러… 사장의 임기가 끝나고 다른 새 사장으로 바뀌자마자 보도서비스국은 도로아미타불 보도국이 됐다.

서비스직으로 부서 간판을 갈아치운 사장의 마음을 영 이해 못하는 건 아니다. 일방적으로 뉴스를 만드는 공급자적 시각을 바꿔보고 싶었을 것이다.

'얻다 대고 서비스래' 소리 질렀을 때 문소리의 마음속에는 의사의 자존심과 특권의식이 담겨 있었을지도 모른다. 그러나 내게는 서비스를 강조하는 사측의 태도가 결국 더 중요한 업무의 본질을 훼손할 수 있다는 걸 알고 경계하는 조직 구성원의 일성—聲으로 들렸다.

서비스를 생각하다 보면 생각나는 일화가 있다.

남편이 다니는 회사는 야근이 일상이라 매일 오후 5시만 되면 빵과 우유가 간식으로 나온다. 삼립 보름달부터 파리바게트 초코소라빵까지 종류도 매일 다르다. 직원 대부분은 배가 고파도 집에 가서 밥을 먹거나 밖에서 사 먹기 때문에 부서 공용책상에는 다음 날 오전까지 빵과 우유가 많이 남아 있다. 결혼하고 첫 보금자리인 아파트로 이사 온 지 얼마 안 돼 남편은 퇴근길에 간식을 하나씩 챙겨 와서 경비실에 갖다 주기 시작했다. 신혼집이어서 애정이 가는 모양이었다. 가방 없이 출근해도 되는데 간식 담아 와야 한다며 꼭 가방을 챙겨 가는 걸 보면 그것을 나름의 루틴으로 생각하는 것도 같았다.

우리 아파트에는 가수 조영남을 닮은 A 경비원과 탤런트 우현처럼 생긴 B 경비원이 있다. 남편의 말에 따르면 A 경비원은 빵과 우유를 건네 받을 때마다 황송하다는 듯한 표정과 몸짓으로 "친절!"이라고 거수를 올리며 "잘 먹을게요. 아이고 매번 주시네."라고 한단다. 남편은 인사를 받을 때마다 손사레를 치면서도 은근히 뿌듯해했다.

반면 B 경비원은 퉁명스럽게 "어어." 하면서 그저 받기만 한다는 것이다. 어떨 땐 녹즙이나 야쿠르트 배달원 대하듯 당연하게 받는다는 거다. 나 역시 가끔 B 경비원이 경비실 앞 의자에 앉아 지나가는 사람들을 빤히 쳐다보는 것이 영 께름칙했다. 멋대로 올려붙인 바짓단 아래로는 허연 살비듬이 껴 있었다. 기분이 별로라는 남편에게 "뭐, 우리가 인사받으려고 하는 건가, 회사에서 버려지는 게 아깝기도 하고 그러니까 기왕이면 간식으로 드시라고 드리는 거지."라며 달랬지만 나 역시 속으로는 영 맘에 들지 않았다.

그렇게 '자발적 빵셔틀'이 3년이 다 되어가던 어느 날 반전이 등장했다.

우리 집 아래층으로 이삿짐센터 차가 사다리를 올리고 있는 걸 본 남편이 A 경비원에게 "14층 이사 가나 보죠?"라고 물었다. 그랬더니 A 경비원이 "부분 이사를 한다네요. 근데 몇 호세요?"라고 말했다. 그렇게 상냥하게 늘 고맙다고 하던 그가 여태껏 남편이 몇 호 사는지도 모르고 있었다는 것이다. B 경비원은 퉁명스러웠지만 우리 부부가 지나갈 때 택배가 있으면 손짓으로 "어-이." 하고 불러다가 챙겨 가라고 했던 걸 보면 분명히 호수를 알고 있는데 말이다.

남편은 어떻게 그럴 수 있냐면서 황당해했다. 주민들이 몇 동 몇 호에 사는지 전부 알아야 하는 것은 아니지만 3년간 간식을 건넨 주민이 여태 몇 호인지도 모르고 있었다는 건 좀 그렇긴 하다.

울상인 남편 표정이 우스워서 웃다가 순간 깨달았다. 일을 더 잘하는 사람은 어느 쪽일까?

내가 보기엔 B 경비원이다. B 경비원은 본연의 임무에 충실했다. 주민들에게 친절하게 인사하는 것보다 더 중요한 일이 뭔지를 알고 있었다. A 경비원은 친절하긴 했지만 그저 그뿐이었다.

우리가 서비스를 받다 보면 친절함만이 유일한 기준이 될 때가 종종 있다. 항공 승무원의 최우선 업무는 안전 활동인데도 불구하고 우리는 그들의 과잉 미소에 무척 익숙해 있는 것처럼 말이다. 서비스를 받을 때 중요한 건 뭘까. 고객인 나를 애지중지만 해달라는 건 분명 아닐 것이다. 우리가 필요 이상의 친절한 서비스를 일상적으로 받으며 길들여져버린 걸까. 이름을 몰라 알파벳으로 서술할 수밖에 없는 B 경비원의 얼굴을 떠올리며 내내 죄송한 마음이 들었다.

끝없는 달리기의
경주마로 산다는 것

딸 셋에 아들 하나인 집에서 둘째 딸로 컸다는 건 눈칫밥 좀 먹었다는 뜻이기도 하다. 엄마는 섬에서 공부 좀 한다는 소리를 듣고 광주로 유학을 왔다가 아빠와 소개팅으로 만나 결혼했다. 할머니와 외할머니 모두 자기네 자식이 밑진다고 생각해 결혼을 반대했다고 하니, 두 분은 얼추 잘 만나신 것 같다.

문제는 엄마가 시집와보니 아빠는 장남이었고 할머니는 남아선호가 철옹성 같았다는 것. 할머니는 엄마가 첫째 딸을 낳을 때는 바로 올라오셨지만, 둘째 딸(그게 나다)을 낳을 때는 한참이 지나서야 오셨고, 셋째 딸을 낳을 때는 아예 오지도 않으셨다. 그렇게 엄마는 넷째로⋯ 아들을 낳았다.

출산의 굴레에서 구원해준 아들을 감싸고 돌 수 있었지만 엄마는 그렇게 하지 않았다. 위로 기가 센 누나 셋이 '차별만 해봐라' 하고 시퍼렇게 눈을 뜨고 있었고, 엄마도 어릴 적 남아선호의 피해자였기 때문이다. 물론 할머니 댁에 가면 남동생이 대놓고 예쁨받거나 세뱃돈을 더 받는 하극상이 벌어지기도 했지만 누나 셋이 그만큼, 아니 그보다 0.1이라도 조금씩 더 보태 철저한 응징을 가했으므로 그렇게 분하진 않았다.

서울로 대학을 가고 첫 학기가 끝나 집으로 내려왔다. 그때 남동생은 막 고등학생이 됐다. 엄마는 뭐라도 한마디 조언을 하라며 동생 방으로 날 밀어 넣었다.

"너 공부는 좀 하긴 하냐?"

"내가 누나보다 잘 산다. 두고 봐라."

공부 잘하고 있냐는데 뚱딴지같은 반응이다. 동생은 그것도 무슨 말인지 모르냐는 듯 한심하다는 표정으로 말을 이었다.

"기대치란 게 그런 거야. 누난 원래 공부 잘했으니까 기대하는 게 크지. 그거 맞추려면 쌔-빠져. 나는 애초에 기대가 없잖아. 그니까 좀만 잘해도 엄마 아빠는 우-와 대견해할 거란 말이지."

믿는 구석이 있었는지 남동생은 의외로 괜찮은 수능 점수로 해양대에 들어가 한진해운에 기관사로 취직했다. 선박이 운항하고 항구에 정박하는 동안 기관실에서 선박 기기 전반을 책임지는 일이었다. 동생은 나보다 돈도 더 많이 벌었다. 둘째 딸이 사회부 기자하면서 똥밭을 구르고 태풍 한가운데서 일해도 눈 하나 깜짝 안 하던 엄마가 기관실에서 기름 범벅이 된 작업복을 입고 나오는 동생을 보고 눈물을 펑펑 흘렸다는 얘기를 듣고, 30여 년간 드센 딸들의 등쌀에 꽁꽁 숨겨왔던 엄마의 아들 편애가 발각되기도 했다.

살면서 어느 한쪽에 편향된 기사를 쓰지 않으려 애썼지만 기자도 사람인지라 마음이 더 쓰이는 사건들이 있다. 내게 그런 이슈가 2016년 한진해운 파산 사태였다. 마음이 기운 건 그곳이 남동생 회사였기 때문은 아니었다. 운 좋게도 남동생은 그 전해에 갑자기 뭍에서 일하고 싶다며 다른 곳으로 이직해 망조를 피해갔다(내 눈엔 아무 생각 없이 사는 것처럼 보이는데 인생고수인가?).

한진해운은 국내 1위이자 글로벌 8위의 해운사였지만 경영 악화로 갑자기 파산 절차에 들어갔다. 암운이 감돌고 이슈가 확대되자 산업부 기자였던 나는 해운업 취재에 추가 투입됐다. 한진해운 홍보 담당자들에게 전화를 걸어 회사의 내부 대책은 뭐고 3천여 명의 직원들은 어떻게 되는지 취재해보라는 지시가 떨어졌다. 만난 적은 한 번도 없었지만 늘 밝은 목소리로 차근차근 응대해주던 40대 후반의 차장에게 전화를 걸었다. 몇 가지 질문을 마치자 차장은 한숨을 쉬며 말했다. 목소리 끝이 갈라졌다.

"하… 저희 이제 어떻게 되나요. 이렇게 거리에 나앉게 된다는 게 말이 되나요. 정부가 진짜 우릴 버릴 건지 한번 알아봐주실 수 없을까요. 기자님이 물어보면 말해줄 수도 있잖아요. 저희 진짜 어떡해요."

점점 무너지는 그의 목소리에 말문이 막혀 서둘러 전화를 끊었다. '사측 대책 관련해 기사 쓸 만한 사안 아직 없음. 계속 주시하겠음'이라고 보고하려고 노트북을 열다가 눈시울이 뜨거워졌다. 독서실처럼 칸막이가 쳐진 기자실에는 다행히 점심때가 다 돼 혼자만 남아 있었다.

유독 "어떡해요⋯."라는 한 단어가 내 가슴을 묵직하게 눌렀다. 가족의 생계를 책임지고 있는 이의 절박함, 날선 칼바람에 몸 피할데 없는 이의 목소리가 귓가를 맴돌았다. 기자로서 내가 당장 해줄 수 있는 게 없다는 분명한 사실에 무력함을 느꼈다.

그때 어린 동생이 한 말이 틀리지 않았다.

모든 것은 '기대치'를 기준으로 기뻐하기도 하고 실망하고 상처받는다. 나 역시도 입으론 회사에 무슨 기대를 하냐고 그렇게 말하면서도 역시 책임감과 소속감에 경주마처럼 늘 앞으로 달리기만 했다. 이어달리기에서 내 몫을 다하지 않으면 큰일이라도 날 듯이 달렸다. 한진해운 직원들도 회사가 그 지경이 될 때까지 자신의 몫을 다하기 위해 턱 끝까지 숨이 차올라도 계속 달렸을 것이다. 시간과 젊음을 소진하며 몸담았던 회사가 한순간에 문을 닫으면서 느끼는 직원들의 허탈감이란 무슨 말로도 표현이 안 될 것이다.

지금 이 회사는 직원들이 가졌던 최소한의 기대치. 나와 내 가족의 생계는 책임져줄 것이라는, 내일 아침 당장 나를 헌신짝처럼 버리지 않을 것이라는 기대를 가차 없이 저버리게 됐다. 업무상 만나는 인간관계란 피차 서로에게 쓸쓸함을 주지만 그때만큼은 내가 그에게 조금이라도 따스함을 주었으면 좋겠다고 생각했다.

회사는 결국 문을 닫고 공중분해됐다. 수천 명의 직원들도 뿔뿔이 흩어졌다. 다행히 그 차장님은 규모는 훨씬 작지만 공격적으로 사세를 넓혀가고 있는 신생 해운사로 자리를 옮겨 새 부서에서 무탈하게 적응하고 있다는 소식을 건너 건너로 전해 들었다. 나를 울게 한 얼굴 모르는 차장님의 건승을 빈다.

너무 일찍 어른이 된
아이들과의 여행

내가 다닌 고등학교는 제2외국어 선택권이 학생에게 없었다. 특정 외국어에 학생들의 선호가 편중될까 봐, 즉 외국어 교사들의 직업 보장과 학교의 행정 편의를 위해서였다. 1학년은 무조건 남학생 불어, 여학생 일본어였다. 문명인으로서 표의문자는 배울 수 없다는 이유로(사실은 한자를 잘 못 외웠다) 히라가나조차 안 외우고 한 학기를 뻗댔다. 찍기엔 재주가 없었는지 4지선다형이면 확률상 25점은 맞아야 했는데 그에도 못 미쳤다. 1학기 내내 일본어 점수는 수우미양가 중 가.

　수능을 치르고 대입 원서를 쓸 때였다. 선생님은 내 추천서를 쓰고 있었고, 난 그 옆에서 입학요강을 넘겨보고 있었다.

"쌤, 낙제가 있으면 입학자격이 안 된다고 쓰여 있는데… 혹시 가가 낙제예요?"

"그렇지."

"쌤, 저 가 있어요."

지금도 잊을 수 없다. 선생님의 그 황망한 표정을.

다행히 낙제생에게 관대했던 대학교에 들어가긴 했지만… 결론은, 나같이 대책 없는 학생은 지금의 대학 문턱을 아마 못 넘었을 확률이 크단 거다.

나는 그렇게 과거를 반성하면서 요즘 10대에 안쓰러움을 느끼는 평범한 30대가 되었다.

산업부 기자로 있을 때 10대들과 해외에 나갈 기회가 생겼다. 우리 신문사에서 매년 주최하는 발명대회에서 수상한 열두 명의 학생들에게 일본 단기 과학연수가 부상으로 주어졌는데, 나에게 연수를 따라다니며 르포 기사를 쓰라는 지시가 떨어진 것이다.

기자들 사이에선 총경보다 순경이 무섭다는 말이 있다. 눈치 안 보고, 기자라고 겁 안 내고, "왜?"라고 묻기 시작하면 취재가 꽉 막혀 힘들어진다는 얘기다. 내겐 10대들이 마치 순경 같았다. 열두 명의 순경들과 가는 여행이라니… 일본에 가기 며칠 전부터 걱정이 앞섰다.

막상 공항에서 보니 학생이라고 하지만 아직은 병아리 같은 초등학교 4학년 아이부터 대학원생이라고 해도 믿을 법한 고등학교 3학년(미안!)까지 다양했다. 발명에 대한 호기심보다는 엄마의 치맛바람과 과학 교사의 교육열이 제대로 융합돼 상을 받은 게 확실한 아이들도 있었다. 연수 일정은 박물관이나 천문관, 방재센터 등으로 채워졌다. 일정을 함께 돌며 자연스럽게 학생들을 인터뷰해야 하는데 아이들과 대화가 잘 트이지 않았다. 그래서 그저 수업 때 저희들끼리 하는 말을 귀동냥으로 듣고 수첩에 받아 적는 게 일이 됐다.

전망대 엘리베이터를 타려고 다 같이 줄을 서 있을 때였다. 고등학생 몇 명이 대회 1등상을 탄 초등학교 5학년 남자아이와 나누는 대화를 엿듣게 됐다. 형들은 어른이라도 된 듯 5학년 동생을 빙 둘러싸더니 머리를 쓰다듬으며 말했다.

"넌 쓸 데도 없다. 안됐다."

나는 궁금함을 못 참고 그 틈을 비집고 들어갔다.

"쓸 데 없다는 게 무슨 말이야?"

그러자 당연한 걸 왜 모르냐는 표정으로 고등학생 한 명이 어깨를 으쓱거리며 말했다.

"아무 도움이 안 되거든요. 중학생 때 상을 받으면 진학에 도움이 좀 되죠. 근데 그것도 중학교 1학년이면 또 좀 별로야. (나머지 학생 일동 일제히 끄덕끄덕) 아니면 초등학교 때 3등상을 받고 중학교 때 2등, 고등학교 때 1등으로 이렇게 조금씩 나아지는 모습을 보이는 것도 스토리가 괜찮죠. (학생들 또 끄덕끄덕)"

진지하게 설명하는 모습이 귀여우면서도, 요즘 아이들은 모든 게 평가와 진학이 기준인가 싶어 씁쓸해졌다. 교육이 아이들의 사고 체계를 이렇게 바뀌게 하는구나 실감이 났다.

지금 교육 체제에서 학생들은 모든 순간을 계획하고 작전 짜듯이 목표를 세워서 이행하고 평가를 받게 돼 있다. 그것도 바로 옆짝꿍과 매번 비교당하는 상대평가다. 달리기를 시키고 선착순으로 줄 세우는 것만큼 빈정 상하는 일이 없는데 아이들은 늘상 그렇게 살고 있구나. 안타까웠다.

동행 취재 일정의 마지막 날, 기사를 쓸 때가 됐는데 이대론 도저히 분량을 못 채우겠다 싶어서 열두 명의 아이들을 모두 한 명씩 따로 불러서 인터뷰했다. 되도록 기사에 한 마디씩이라도 실어주고 싶은 마음에서였다. 여태 수줍어하거나 단답형으로 일관하던 아이들은 막상 마주 앉아 물어보자 더듬대면서도 최선을 다했다. 면접관 앞에서 답을 하는 듯한 모습에 왠지 또 하나의 시험을 치르게 하는 것 같아 미안한 마음이 들 정도였다.

발명대회 수상자들인 만큼 공통질문은 '발명을 처음에 어떻게 시작하게 됐냐'와 '나중에 뭐가 되고 싶냐'였다. 꿈이 없는 어른인 내가 묻기엔 대단히 송구한 질문이었지만 기사를 쓰려면 어쩔 수 없었다.

그런데 한 중학생 남자아이가 한 가지 부탁이 있다며 내 눈치를 슬슬 봤다. "말해봐 괜찮아." 하자 자기가 모 대기업에 들어가고 싶다는 꿈을 기사에 한 줄 넣어줄 수 있냐는 거다.

"왜?"

"나중에 면접 보러 갈 때 증빙자료로 쓰면 진정성이 있어 보이잖아요."

그러니까 '중학교 때부터 꿈꿔온 회사입니다!'라고 말하겠다는 계획이란 거니?

뉴스에서 A 여자 고등학교 교무부장의 쌍둥이 자녀가 나란히 문과, 이과 전교 1등을 석권했고, 시험지 사전 유출 정황이 드러나면서 사회가 시끄럽다. 학부모들은 공정성이 훼손됐다고 들고 일어섰다. 여태껏 공정한 경쟁이 아니었다며 분노했다.

뉴스를 보고 기가 막혔다. 이 혐의가 사실이라면 내신 경쟁에서 이기기 위해 시험지를 훔쳐서 베끼라고 하고, 결국 수정 전 오답까지 나란히 같게 써낸 쌍둥이 자녀들에게 과연 교무부장은 어떤 부모였는지 같은 어른으로서 얼굴이 화끈거린다. 교육이야말로 우리 사회 어른들의 현 수준을 가장 확실하게 보여준다는 점에서 우리 사회는 아직까지 갈 길이 너무나도 멀다.

뭔가 대단히 어긋나 있는 이 세상에서, 사는 건 그저 스스로를 다독여가면서 한 발씩 가는 것 같다. 한때 까막눈으로 낙제를 받던라도 그게 내 인생 전체의 낙제는 아니라는 걸 알게 되면서 나는 실수에 관대해졌다.

결국 나는 그 아이의 희망사항을 조금 뭉뚱그려 기사에 담아주면서 빌었다. 너의 평범한 꿈에도 기쁨이 깃들기를, 좋은 어른이 되기를. 우리 사회에 부끄러움을 아는 어른들이 많아지기를. 나부터 좀 더 나은 어른이 되기를.

사장님, 그렇다고
염산을 마십니까

형부가 잘 다니던 회사를 때려치우고 식당을 열었다. 양가 부모님께 비밀로 하다 가게가 한두 달 잘 돌아가자 사실을 말씀드렸고 집안 분위기는 지지하는 쪽으로 급선회했다. 자영업이 대개 그렇듯 자연스럽게 가족들이 동원됐다. 외국계 기업에 다니는 언니도 휴일엔 가게로 나갔고, 주말에 격주로 쉬던 나도 가끔 일손을 도왔다. 공무원 시험을 준비하던 여동생까지 거들었다. 근처 공원에서 공연이나 장터라도 열리면 한꺼번에 많은 손님이 쏟아졌다. 초짜 사장은 허둥지둥 댔고, 일일알바인 나도 정신이 없었다.

그래도 가게 일을 돕는 게 아주 어렵지는 않았다. 이래봬도 한 때는 자영업자들의 원성을 받은 고발프로그램인 〈먹거리 X파일〉

피디를 하면서 식당 주방에서 잠행 취재를 위한 단기 알바를 꽤 많이 했기 때문이다.

그때는 프로그램 성격 때문에 몰래카메라를 자주 장착해야 했다. 사회부에서도 몰카를 찍어야 할 때가 있지만 웬만하면 카메라 기자도 함께 찍기 때문에 부담이 크지 않았다. 하지만 여기서는 내가 다 찍어야 했다. 취재에 몰카는 최소화하는 것이 옳다는 주의지만, 이 프로그램은 몰카가 없으면 도통 아무것도 되지 않았다. 더구나 보도국 기자가 떡 하니 피디들 사이로 파견됐으니 뭐라도 하지 않으면 당장 내가 맡은 방영일자에 펑크가 날 수 있다는 압박감까지 들었다.

방송가에서는 제 날짜까지 프로그램을 만드는 것을 '납품'한다고 한다. 잔인하게도 제때 납품을 못하면 주급을 받는 우리 팀의 AD와 메인작가, 보조 작가는 미뤄진 기간만큼 급여가 안 나온다. 그것이 초짜 피디인 내 숨통을 바짝 조여왔다.

들키지 않고 잠입해 몰카를 찍으려면 일단 식자재 공장이나 불량 도매업체, 위생이 나쁜 식당에 취업을 해야 한다. 피디마다 자신의 레퍼토리와 노하우가 있었다. 어떻게든 그림을(방송가에서는 영상을 '그림'이라고 하는데, 만들어낸다는 의미를 강조하는 말 같다) 확보해야 했다. 나는 오래 취업이 되지 않아서 힘든 서른 살의 착실한 여학생이라고 거짓 소개했다. 또래의 남자 AD와 함께 갈 때는 남편이 실직해서 가게를 해보려고 이것저것 알아보고 있다고 둘러댔다.

장사가 안 되는 가게일수록 문제가 많았다. 장사는 안 되는데 마음은 여리고 동정심이 있었다. 그래서 나 같은 사람이 자영업에 무모하게 뛰어들면 고생길이 빤하다며 안쓰러워했다. 그들은 날 주방으로 들어오게 해서 이것저것 알려줬다. 기름을 얼마나 오래 써야 하는지, 어떻게 해야 원가가 조금이라도 덜 드는지, 이렇게 해서 치킨 열 마리를 열한 마리로 만들 수 있다든지, 이건 재사용해야 이문이 남는다든지 등등. 장사가 안 돼서 원가를 아끼고 임대료 때문에 위생에 덜 신경 쓰고 조금이라도 싼 식자재를 쓰고 반찬을 재사용하고 조미료에 의존하고 과장된 문구로 손님을 끌고…. 안 되는 장사에 직원을 쓸 여력이 없어서 혼자 일하다 보면 불친절해지고 손님 불만은 커져갔다. 안타까운 악순환이었다.

한번은 김 양식장에 염산을 뿌려 잡티를 없애고 미생물을 죽게 하는 내용을 잠입취재했다. 염산 유통업체 바로 뒤 언덕에 2주 동안 매일 차를 대고 하루 종일 죽치고 있었다. 유통업체는 철옹성처럼 벽으로 둘러 있었고, 물건을 나르는 시간이 일정치 않았다. 우리는 염산업체 차량이 움직이는 대로 미행했고, 김 양식 농가로 배달하는 그림도 찍었다.

이제 발뺌하지 못할 거야, 그림이 충분히 나오자 자신감을 갖고 염산업체 사장을 찾아 정식으로 취재를 요청했다. 깜짝 놀라거나 극렬히 취재를 거부할 거라고 각오하고 마음 단단히 먹고 찾아갔다. 가슴은 두근두근. 독극물을 취급하는 공장이니까 문제라도 생기면 어쩌지? 나보다 몸무게도 덜 나가 보이는 남자 AD가 도움이 될까? 그래도 하나보단 둘이 낫겠지. 우리는 같이 들어갔다.

그런데, 웬걸. 염산업자는 우리를 보고 있었다.

"어서 들어오쇼."

그는 이미 촬영을 알고 있었단다. 외지인이 거의 없는 동네에 낯선 차가 매일 들어오고 나가는 걸 마을 사람들이 모를 수 있겠냐는 거다. 허탈했다. 첩보영화 찍듯이 조심했는데 바보가 된 기분이었다. 염산업자의 얼굴은 험상궂을 거란 생각과 달리 평범했다. 그는 속사포처럼 자기의 억울함을 쏟아내기 시작했다.

"양식장에 병이 돌아서 염산이 필요한데 하필 지금 와서 찍으니까, 제대로 배달도 못하고 어쩝니까. 한 번만 눈감아주쇼. 예?"

어려운 상황은 안타깝지만 저희도 어쩔 수 없다, 는 내 말이 떨어지자마자 염산업자는 갑자기 정수기 쪽으로 몸을 일으켜 갔다. 그리고 종이컵 하나를 뽑아들고 플라스틱 통에 든 염산을 콸콸 부었다.

"이거 보쇼, 이거 괜찮아요."

그리고 이어 종이컵을 입으로 가져갔다. 입에 염산을 넣었다. 순간 우리는 소리쳤다.

"아악, 하지 마세요! 사장님, 빨리 뱉어요!"

사장은 입에 머금었던 염산을 그 종이컵에 도로 뱉었다. 그리고 입안이 헐은 듯 손가락을 넣어서 자꾸 만졌다. 아마 연한 입천장 껍질이 모두 벗겨졌을 것이다. 우리는 입을 여러 번 물로 헹구게 했지만 놀란 가슴은 진정되지 않았다. 사장은 염산이 그렇게 독한 게 아니니 한 번만 봐달라고 했다.

그것은 처절한 몸부림이었다.

내가 곁에서 본 자영업은 이렇게 처절했다. 밥벌이를 하지 않으면 도태되어버리는 이들의 절박함. 돈벌이 앞에서 이것저것 따지다 보면 돈이 안 벌린다는 게 이들의 호소였다.

곁에 다가갈수록 자영업자들의 힘든 사연도 많았다. 위생이 최악인 식당을 취재했다가 그렇게 주방이 더러웠던 이유가 아내가 암에 걸려 남편 혼자 일하게 됐고, 병원비를 벌기 위해 가게는 열지만 밤마다 병간호를 하면서 주방은 더 신경을 못 쓰고, 결국 반찬도 재사용하는 악순환의 고리에 서게 됐다는 것을 알고는 찍은 몰카 파일을 삭제할 수밖에 없었다. 그 즈음 피디들은 그런 비슷한 일들을 맞닥뜨리면서 꽤나 깊은 우울감에 힘들어했다.

나는 7개월 만에 다시 기자로 돌아갔지만 이 프로그램이 논란이 되고 소송에 휘말렸다는 소리를 들을 때마다 그 염산업자가 생각났다. 옳지 않으나 슬픈 절박함 말이다.

형부는 2년 만에 가게 문을 닫았다. 매상은 썩 괜찮았지만 인건비를 아끼려고 고군분투한 탓에 몸이 고장 났다. 누구보다 깨끗하게 하고 좋은 재료를 썼는데 직접 해보니 그렇게 유지하는 것이 정말 힘들다고 했다. 매일 밤 튀김기 기름을 비우고 씻고 바닥 청소하는 데 꼬박 두 시간씩 걸렸다. 가끔 형부 가게의 테이블을 닦고 쓰레기통을 비우며 나는 내가 했던 프로그램이 좋은 영향을 끼치기를 바랐다. 지금 와선 내가 잘했는지, 누군가를 힘겹게 했는지 확신이 잘 서지 않는다. 하지만 원칙을 지키는 선량한 자영업자들이 언젠가 어떤 식으로든 반드시 빛을 볼 거라는 내 믿음이 현실에서 많이 증명되기를 바란다.

살아 있는 너희들을
묻는다는 것

TV를 보고 있는데 영화 〈부산행〉을 만든 연상호 감독이 한 프로그램에서 자신이 좀비를 유독 좋아하는 이유를 수줍게 말했다.

"좀비는 다른 괴물이랑 다르게 악의가 없어 보여요."

패널로 나온 변영주 감독은 "사람들이 이 사건을 낯선 판타지로 보는 게 아니라 메르스 같은 익숙한 전염병의 카테고리 안에서 보는 것 같다."고 대화에 살을 붙였다.

그러고 보니 하나의 바이러스가 퍼지고, 인간이 이기성을 드러내며 안전지대와 위험지대를 나누고, 그렇게 구획이 나뉘면 외부를 철저하게 차단하고, 안전을 위해 말살까지 서슴지 않는 현실과 〈부산행〉이 어쩌면 그렇게 딱딱 들어맞는지 싶다.

이렇게까지 생각이 꼬리를 물게 된 것은 몇 년에 한 번씩 닭, 오리 농가를 뒤집어놓는 조류인플루엔자AI 사태를 취재하면서 살처분의 무시무시함을 느꼈던 기억이 생생하기 때문이다.

살처분殺處分. 사전에서 찾아보니 병에 걸린 가축 따위를 죽여서 없애는 것을 뜻한다. '살'은 죽인다는 것이고, '처분'은 일을 처리한다는 의미다. 죽여서 처리한다는 무시무시한 의미가 행정적이고 건조한 언어로 바뀌어서 아무렇지도 않게 쓰이고 있다.

우리나라에서는 전염성이 높은 고병원성 AI 양성 반응이 나온 농장에서 반경 3킬로미터 이내 모든 닭과 오리 농장에 살처분 명령이 내려진다. 한번 발생하면 전국적으로 많게는 3700만 마리에 달하는 멀쩡한 닭과 오리가 산 채로 땅에 묻혀 죽임을 당한다. 감염이 돼서? 아니다. 감염 여부와 상관이 없다. 확산되는 걸 예방하기 위해서다. 구획이 분리되면서 살처분 지역 농장에 취재를 갈 때는 기자들도 일일이 허가를 받고 반드시 특수 마스크와 방역복을 착용해야 한다. 취재차량도 들어오고 나갈 때 소독해야 한다.

살처분 대상 지역은 동네 전체가 초상집이다. 동네 사람들은 분위기를 지나치게 불안하게 몰아간다며 하나같이 언론에 적대적이어서 취재하기가 여간 힘들지 않다. 취재차량이 지나가면 농가에서는 우리 들으란 듯 욕을 해댔다.

"얼쩡대지 말고 당장 꺼지라고!"

기자가 다가가면 웬만해선 말을 붙여주지도 않는다. 그 당시의 취재를 생각하면 죄인 같은 심정으로 다녔던 기억이 대부분이다. 그래도 마을에서 그나마 마음을 열었던 단 한 명이 있었다.

육십 평생 닭을 키웠다는 농장 주인은 양계장 앞 평상에 앉아 줄담배만 피워댔다. 작업복은 닳아서 군데군데 해져 있었다. 그는 우리가 가까이 다가가도 쳐다보지 않은 채 혼잣말인지 알 수 없는 말을 했다.

"왜 멀쩡한 닭을 죽여, 왜…."

마이크를 들고 있었지만 카메라기자와 나는 평상 한쪽 모서리에 앉아서 아무 말도 하지 못하고 한참을 가만히 바닥만 보고 있었다. 그랬더니 농장 주인은 자식 같은 닭들을 이렇게 묻어버리는 게 말이 되느냐, 목소리를 높이며 하소연을 시작했다. 주름진 얼굴에는 눈물보다 진한 땀이 고이고 있었다. 하루에 몇 만 마리가 살처분되고 있고, 모든 언론이 방역의 부실을 지적하는 기사를 자판기처럼 쓰던 때였다. 우리는 말없이 그저 함께 한숨을 쉬는 것 말고는 할 게 없었다.

농장 주인은 갑자기 벌떡, 일어나더니 축사 안으로 들어갔다. 안은 텅텅 비어 있을 텐데 왜 들어가지? 카메라를 켜고 따라 들어가야 하는 건가 잠깐 고민하고 있는데 주인이 품에 뭔가를 한가득 안아 들고 나왔다. 계란이었다. 족히 열 판은 돼 보였다. 닭, 오리와 함께 계란이나 오리알도 살처분 대상이다.

"이거 먹어도 안 죽어! 안 죽는데 왜 묻으라고 하는 거여!"

그는 평상에서 휴대용 가스레인지를 켠 다음 커다란 냄비에 물과 계란을 우수수 붓고 삶기 시작했다. 먹어도 안 죽는다며, 땅에 묻어버릴 바엔 계란을 삶아서 자기가 다 먹어버리겠단다. 진짜로 바이러스에 감염돼 죽는지 한번 보라고 했다.

계란은 요란하게 냄비에서 움직였다. 물이 끓을 동안 우리는 말을 할 수 없었다. 그는 멀쩡한 닭인데 왜 묻어야 하냐고 우리에게 말해보라며 자꾸 다그치듯이 물었다. 방역복을 입은 우리는 애매한 표정을 지으며 몸을 조금 움직여 바스락댈 뿐이었다. 삶은 계란을 깠다. 순백의 흰자는 따스했다. 한입 가득 베어 물었다.

"너무 맛있네요, 어르신!"

인간의 안전을 위해서라면 병에 감염되지 않은 동물들을 무조건 죽이는 게 정말로 최선일까. 인간의 이기심은 어느 선까지 허용돼야 할까. 온기가 남은 계란을 먹으며, 무엇이 맞는 것인지 가슴이 턱 막힌 날이었다. 퍽퍽한 기자 생활에 목이 멨다.

눈이 머는 순간을 지나는
남자와의 인터뷰

길에서 인터뷰 대상을 잡을 때는 어쩔 수 없이 나도 "저기, 학생이 신가요?" 하고 일단 멈추게 한 뒤 사이비 종교 전파자처럼 정다운 미소를 띠고 질문을 던져야 한다. 카메라기자는 두세 발자국 뒤에 떨어져 있다가 내가 질문을 던지고 상대가 멈칫 답변을 생각할 때 바람 불듯 자연스럽게 ENG카메라를 슬쩍 어깨에 둘러매고 앞으로 온다.

기사 언제 보낼 거냐는 데스크의 카톡에다 어깨가 무거운 카메라기자의 짜증이 얼굴에 조금씩 보이기 시작하고, 주차할 곳을 못 찾은 취재차량은 일대를 정처 없이 빙빙 돌고 있기 때문에 마음은 더 조급해진다. 기어이 찬반 양쪽의 시민 인터뷰를 따고 차에 앉으면 늦어진 게 미안해서 먼저 큰 소리를 낸다.

"아, 먹고살기 진짜 힘드네요! 이제 회사로 복귀하시죠."

시간이 지날수록 인터뷰 대상을 고르는 눈은 더 생긴다. 쓸 만한 말을 해줄 것 같은 사람과 아닌 사람. 날 뿌리칠 사람과 아닌 사람.

그러나 예상 답변을 머릿속에 그리고 있다가 추레한 행색의 행인에게서 나오는 깊이 있는 답변과 짧은 말에도 엿보이는 특별한 사연들이 번개 맞듯이 나를 흔들어놓는 순간도 있다.

"요새 직장인들의 휴가 리포트 시리즈로 템플 스테이 한번 취재 갔다 와."

데스크의 지시를 받자마자 나도 휴대폰에서 해방되는 템플 스테이 한번 하고 싶다고 들릴 듯 말 듯 꿍얼댔다. 주말 이틀간 열리는 템플 스테이를 취재하러 가면 루비, 사파이어, 다이아몬드보다도 더 값진 내 휴일은? 일요일이나 명절에 일할 때, 피서지나 축제처럼 남들 신나게 노는 걸 취재할 때면 신세가 처량해진다. 이번에도 저절로 한숨이 나오는, 그런 주말을 맞게 된 것이다.

그날, 여름 초입의 산사는 공기며 작은 소리 하나까지 청량했다. 노트북을 두드리느라 구부러진 어깨를 펴고 최대한 숨을 크게 들이쉬고 천천히 내쉬었다. 맑은 기운이 가득 퍼져라, 이 속세의 찌든 몸뚱이에.

스무 명 남짓한 템플 스테이 참가자들은 주최 측에 미리 촬영

공지를 받고 동의했다. 우리도 참가자들과 똑같이 천연염색한 것 같은 회색의 개량 승복으로 갈아입었다. 행사에 방해가 되지 않도록 취재하고 촬영한다는 것이 조건이었다.

다음 날 새벽 예불. 108배를 하는 새벽 예불은 고요하면서도 치열했고, 각자 세 뼘의 방석 위에서 자신이 처한 세상을 오롯이 감당해내고 있었다. 전날 한 발짝 떨어져 취재하고 카메라도 가까이 들이대지 않았던 우리는 이제 참가자 중 한두 명을 붙잡고 인터뷰를 해야 했다.

앞쪽에 있는 40대 후반쯤으로 보이는 남자 참가자가 유독 눈에 띄었다. 인터뷰 대상을 고르는 감이라고밖에 딱히 설명할 이유는 없었는데, 왠지 절하는 뒷모습이 가장 절실해 보였다고 할까. 어슴푸레한 경내에서도 그는 절을 하는 모든 순간에 진심을 담는 듯했다.

108배를 끝내고 자리를 정리하는 그에게 조심스럽게 다가가 인터뷰를 요청했다. 그는 담담히 알겠다고 고개를 끄덕였다. 멀찍이 서서 기다리는 카메라기자를 불렀다. 조금 더 밝은 곳에서 보니 그의 얼굴은 온통 눈물로 덮여 있었다. 나는 조용히 물었다. 어떤 마음으로 이곳에 오셨냐고.

"전 눈이 멀고 있습니다."

남자는 조용한 목소리로 입을 뗐다.

"여기 오기 전에 실명 판정을 받았어요. 세상이 원망스럽더라고요. 부처님 앞에서 한참을 원망했습니다. 그런데 그 마음이 오늘 새벽 감사함으로 바뀌었어요. 이렇게 아름다운 세상을 그동안 보게 해주셔서 감사합니다, 감사합니다, 감사합니다. 이 세상 잊지 않겠습니다."

조금 빗나간 초점으로 내 뒤 어딘가를 보고 있는 남자. 눈에서는 다시 눈물이 흐르고 있었지만 흐느끼지 않았고, 숨도 규칙적이어서 평온해 보였다. 나는 다가가기 전 머릿속으로 짜두었던 질문을 거두고 그 한마디만 듣고 조용히 인사하고 물러났다.

그날의 인터뷰로 내 가슴 속에 매어 있는 무거운 추가 맥없이 툭 떨어졌다. 눈을 감아본다. 눈을 감고 크게 숨을 쉬어본다. 아주 자잘한 빛이 희미한 모래알처럼 흩어졌다 모이고 다시 사라진다.

보이지 않는다는 건 어떤 것일까. 들리지 않는다는 건 어떤 느낌일까. 몸이 자기 마음대로 움직이지 않는다는 건.

〈효리네 민박〉이라는 프로그램에서 이효리와 귀가 들리지 않는 민박객이 제주 한담해변에 나란히 앉아 커피 마시는 장면이 나왔다. 그녀는 '철썩철썩'이라고 말해주기엔 파도마다 소리가 다르고 날씨마다 소리가 다 다르다고 말했다. 그러니까 우리는 그저 가슴으로 소리를 느껴보자고 했다. 그러면 들을 수 있는 사람들보다 더 많은 걸 들을 수 있을 거라고. 그러자 민박객은 고개를 끄덕이며 귀가 들리지 않아서 파도 소리를 더 많이 상상할 수 있다고 호응했다.

　마음으로 느끼는 크기와 감동의 깊이는 몸의 장애로 한계가 생기지 않는다. 내가 아는 많은 이들은 보고 싶은 것만 보고 듣고 싶은 것만 들어서 실은 온전히 느끼지 못하고 있다. 나란 사람부터 그렇다. 사람이란 그릇은 몸이 온전하다고, 나이가 든다고, 형편이 낫다고 크기가 큰 건 아니다. 오히려 몸에 한계를 느낀 사람이 자기 존재에 대한 생각을 끝까지 해보았을 확률이 더 높다고 생각하면, 인생은 길게 봤을 때 아주 불공평하지만은 않은 것 같다.

타인의 불행을
관망하는 삶

영화 〈더 킹〉에서 검사 정우성이 어느 대선 후보 쪽에 줄을 설지 무당집을 찾아가서 점지받는 장면이 있다. 그런데 영화를 본 관객들은 이 장면에서 전혀 웃지 않았다고 한다. 현실에서도 벌어지는 일이란 걸 알아버렸기 때문이다. 감독은 웃음을 담당한 '킬링파트'를 보는 관객들이 무척이나 진지한 반응을 보여 매우 당황스러웠다고 털어놓았다.

실제로 높은 곳에 계신 분들도 점집에 자주 간다. 나와 친한 크리스탈 선배는 정치부를 오래 담당하면서 국회의원들이 많이 가는 점집이나 철학관 정보에 매우 빠삭하다. 선배도 답답한 일이 있을 때마다 간다. 가끔 선배가 하는 간증의 설득력이란 프라임 시간대 홈쇼핑 쇼호스트 급으로 어마어마해서 기독교인인 내가 듣기에도 우리 인생에 팔자와 운명이란 게 있나 싶은 생각이 들 때도 있다.

한번은 그 간증에 꼴까닥 넘어갔다. 아주 용하단다. 선거 같은 큰 장이 설 때마다 문전성시라는 동대문구의 한 철학관을 남편과 함께 찾았다. 그즈음 하는 일마다 짜증이 차오르던 시기였다. 이런 곳에 있을 리가, 싶을 정도로 주택가 깊숙이 파고들어 갔다. 한참을 헤매다 이 골목이 맞나 싶은 순간, 허름한 옷을 입은 한 아저씨가 먼저 말을 걸었다. 사주 보러 오는 이의 공통적인 분위기라도 있는 걸까? 신기하게 우리를 먼저 알아보고 이쪽으로 오라고 했다. 우리가 찾던 그 역술가였다.

망해가는 분식집이라고 봐도 무방할 정도로 영 어색한 배열로 테이블들이 놓여 있고, 지하답게 어두침침하며, 역시 지하답게 옅은 곰팡내가 났다. 우리를 따라 들어온 그 역술가는 내가 불러준 사주를 종이에 적고 일필휘지로 휘갈기더니 단호한 태도로 말했다.

"이건 요즘 식으로 말하자면… 아이돌 사주야."

네? 남편과 나는 동시에 얼굴을 마주보며 눈을 마주쳤다. 아이돌이라니… 소리 내서 웃기엔 좀 예의가 아닌 것 같아 웃음을 간신히 참았다.

역술가는 직업이 뭐냐고 물었다. 그걸 알아서 맞춰야 대놓고 물어보는 건 좀 아니지 않나? 그래도 기에 눌려서 "기자예요."라고 답했다. 역술가는 자신 있게 말했다.

"음, 맞구먼. 기자니까 뉴스에 나오잖아. 사주 운명대로 가고 있는 거야."

운명이라고? 이 일을 그만하고 싶은데 이게 내 운명이라고? 철학관을 나서며 4만 원 날렸다고 연신 툴툴댔다. 용하다더니 돌팔이였네, 하면서. 혹여나 이 일이 하늘에서 찍어준 운명이라면 하늘을 원망할 거다. 막상 기자가 되고서는 적성과 안 맞는다고 생각해왔기 때문이다. 서른 넘어서까지 적성 어쩌고 타령 하냐고 부모님은 혀를 끌끌 차실지 모르겠지만.

만약 그 철학관에서 이렇게 말해줬으면 어땠을까.

"기자가 될 운명은 아니었는데 기자가 됐구먼. 당신은 뭘 해도 힘들어해. 그러니까 회사 그냥 다녀."

그러면 나는 차라리 위로를 받았을 것이다. 맞지 않는 옷인데 주변에선 다 기자가 어울린다고 했다. 그즈음의 나는 옅은 우울을 달고 살았다. 가볍고 즐겁고 환한 뉴스 말고 어두운 사건사고와 사람의 생명이 왔다 갔다 하는 어두운 일을 취재하는 날이면 우울감은 더 깊어졌다.

그런 내 감정과는 별개로, 사건 기사는 늘 단발성으로 소모됐다. 사회부는 화재나 교통사고, 강력범죄를 챙기는 것이 일이었다.

특히 방송사 아침뉴스에 내보낼 큰불이 나고 사상자가 있는 교통사고를 챙기는 것이 야근의 주 업무였다.

"뉴스는 '우리 방송사 이렇게 열심히 일하고 있어요'라고 보여주는 쇼야."

잘난 척하는 선배의 일장연설이 늘어질까 봐 나는 "뭐, 그렇게까지요…."라고 대충 대꾸하면서도 '쇼를 넘어 빈곤 포르노이기까지 하지'라고 속으로 격하게 공감했던 적이 있다. 빈곤 포르노는 구호단체들이 모금을 호소하기 위해 가난을 선정적으로 다룬 사진이나 영상물, 모금 방송 등을 비판하는 말이다. 깡마른 아프리카 아이 몸에 파리떼가 들러붙는데도 파리 쫓을 힘도 없이 송아지처럼 눈만 끔뻑대고 있는 걸 클로즈업한 사진이나 이걸 반복해서 보여주는 영상을 본 적이 있을 것이다. 빈곤을 다루고 사건사고를 다루는 뉴스도 종종 이렇게 잔인해진다.

가장 기본적인 사건 취재인 화재와 교통사고만 해도 그렇다. 불은 가장 세게 활활 타고 있을 때 그림을 찍는 게 좋다. 종잇장처럼 구겨진 차체를 보여주면서 상상하게 만든다. 사건사고가 났을 때 우리는 분노하기도 하지만 한편으로는 자신의 안전한 오늘을 다행이라고 생각하기도 한다. 사람들은 타인의 불행을 보면서 오히려 안도하는 기분에 빠지기도 한다. 우리 가족의 안전함을, 오늘 하루의 무사함을. 뒤돌아서면 잊어버릴 타인의 고통을 눈요기하면서.

수전 손택은 《타인의 고통》이란 책에서 '고통받는 사람들에게 연민을 느끼는 한, 우리는 자신이 그런 고통을 가져온 원인에 연루되어 있지는 않다고 느끼는 것이다. 우리가 보여주는 연민은 우리의 무능력함뿐 아니라 우리의 무고함도 증명해주는 셈'이라고 말했다. 함께하는 연대에 다다르지 못하고 그저 연민 수준에 그쳐버리게 만들면서 우리의 일을 타인의 비극으로 만드는 구조에 나 역시 일조한 것 같아 마음이 아프다.

너무나도 쉽게 다른 사람의 고통과 불행을 소비해버리는 세상이다. 불구경하듯 다른 사람의 불행을 본다. 돌아서면 잊혀지고, 하루 지나면 어제의 뉴스가 오늘의 뉴스에 밀리고. 사회적으로 더 중요한 뉴스가 덜 중요하더라도 '쎈 그림'을 갖고 있는 뉴스 앞에서 무기력하게 뒤로 밀려나는 이 사회에서, 시청자인 당신은 뉴스를 어떻게 소비하고 있나요?

4

그럼에도 오늘을
살아갑니다

몸과 마음이 부서졌을 때는
어게인에서, 어게인

"점심에 뭐 먹을래?"

"아무거나요, 선배."

'아무거나'라고 말은 하지만 내 취향이 '아무거나'는 절대 아니다. 티를 안 낼 뿐, 오히려 어지간한 곳은 마음에 들지 않는다. 그러다 맛과 가격, 분위기까지 삼박자 모두 맘에 드는 식당을 찾으면 단번에 꽂혀서 집밥 먹듯 뻔질나게 드나든다.

내가 다닌 대학교 후문 쪽에 바로 그런 곳이 있었다. '어게인'Again 이라는 카페 겸 경양식집. 골목길 어귀 빨간 벽돌 건물 2층이었다. 3500원에서 4000원 사이 가격대에 식사 메뉴는 돈가스 정식, 김치볶음밥, 스파게티 정식 이렇게 달랑 세 가지. 딱딱한 의자 대신 꽃무늬 소파가 있었다. BGM은 늘 마이클 런스 투 록 _{Michael} _{Learns To Rock}의 〈25minutes〉 풍. 부부와 아들이 가게를 운영했는데, 40대 초반으로 보이는 아들은 책을 좋아하는지 카운터에 읽다 만 민음사 세계문학전집 소설이 자주 뒤집혀 있었다.

난 늘 돈가스 정식이었다. 두툼한 일식 돈가스가 아닌 얇게 때려 편 돼지 등심을 튀겨서 달짝지근한 데미그라스 소스를 넉넉하게 부은 것이었다. 거기에 고향만두 하나, 감자튀김 서너 개, 마카로니 조금, 양상추에 옥수수 몇 톨. 이게 둥글고 큰 접시 하나에 담겨 나왔다.

한동안 그곳을 일주일에 최소 두 번은 갔다. 월화수목금요일 갈 때도 있었다. 첫사랑과 만나고, 싸우고, 화해하고, 헤어졌다 다시 만나기를 반복하던 장소도 바로 거기다(지금 생각하면 왜 그렇게 징글징글하게 싸웠는지). 말다툼 끝에 남자친구가 나가버리고, 눈물을 겨우 그쳤을 때 아들 사장이 조심스럽게 다가와 "커피, 녹차, 콜라, 사이다 중에 뭘 드릴까요?"라고 물었다. 나는 혼자 앉은 테이블에서 마저 남은 눈물을 찔끔대며 따뜻한 녹차로 마음을 추스르고 자취방으로 돌아가곤 했다.

대학을 졸업하고 3년 후 직장에서 평정심을 찾았을 즈음 캠퍼스를 다시 찾았다. 나만 왠지 직장인 차림새 같았고, 싱그러운 학생 인파 속에서 겉도는 느낌에 조금 쓸쓸해졌다. 발걸음은 자연스럽게 어게인을 향했다. 그런데 헉. 가슴이 쿵 떨어졌다. 어게인 자리에는 다른 식당이 들어와 있었다.

당시 친했던 후배에게 원래 있던 가게가 어디로 갔는지 알아봐 달라고 했다. 부탁하는 기세가 꽤 절실해 보였는지 후배는 인근 부동산까지 가서 '근처로 가게를 옮긴 게 아니라 완전히 접었다'는 말을 듣고 알려줬다. 사장 부부가 나이가 들고 힘에 부쳐서 폐업했나? 후배에게 "혹시 주방 맡을 사람이 없어서 그런 거면 내가 배워서 운영해보고 싶어!"라고까지 말했다.

그렇게 아쉬운 마음을 가지고 다시 3년이 지난 어느 날, 외근이 일찍 끝나서 광화문에서 경복궁역 쪽으로 정처 없이 걸었다. 그러다가 한 가게가 눈에 들어왔다.

'어게인'이었다.

간판의 심플한 디자인이며 가게 입구의 소박한 느낌까지 딱, 나의 어게인이었다. 퀸 Queen 의 〈Love of my life〉가 배경음악으로 깔리는 순간이었다. 메마른 30대 직장인 가슴이 아주 오랜만에 신나게 콩닥콩닥 댔다. 헤벌쭉 웃으면서 가게로 다가갔다. 너무 좋아서 오히려 한 걸음 한 걸음 천천히 걸었다. 그런 내 맘도 몰라주고 문은 굳게 잠겨 있었다.

가까이서 간판을 올려다봤다. 작게 적힌 전화번호가 어렴풋이 기억하는 그 번호의 뒷자리와 비슷한 것 같았다. 살면서 확신이란 걸 가질 때가 몇 번이나 있을까? 여기는 어게인이란 확신이 들었다.

며칠 뒤 오후에 다시 찾아갔다. 이번엔 문이 열려 있었다. 가게에는 노총각이던 아들 사장 대신 나이가 엇비슷해 보이는 여자가 있었다. 어머, 결혼에 골인하셨나? 여자는 나를 아래위로 빠르게 훑어보더니 의아하단 듯이 말했다.

"아직 영업 전인데요."

"아, 저기, 혹시 여기가 ○○대학교 후문에, 돈가스 팔던 그 '어게인'인가요?"

"네? 여기 단란주점인데요."

"아…."

어게인일 거라는 확신에 꽤 설렜는데 내 기대는 아스팔트로 추락해 액정이 박살난 휴대폰처럼 우드드하게 처참해졌다.

나도 안다. 설령 그 어게인이 맞다 하더라도 그 맛은 아닐 거고, 그때의 분위기도 아닐 거다.

추억을 떠올리는 자신의 속내를 들추어보면 여러 유형의 이유가 있을 것이다. 기억은 욕망과 뒤섞이면서 제멋대로 편집되기 때문이다. 지금의 지질한 상황을 부정하면서 도무지 현실에 발붙이고 싶어 하지 않는 도피일 수 있고, 좋지 않았던 기억들을 기어이 추억이란 포장지로 감싸서 미화하고 싶은 마음이기도 하고, 과거의 기억을 발판으로 삼아 지금의 나를 조금이라도 괜찮았던 예전으로 돌리고 싶은 복구 의지도 있을 수 있다. 추억은 기운을 차리고 다시 한 발짝 앞으로 향할 수 있게 하는 힘이 되어주기도 하기에.

그렇다면 기어코 어게인을 찾아 헤매는 나는?

작은 염소처럼 청춘의 조각들을 조금씩 꺼내 오래오래 되새김 질하고 싶어 하는, 몸과 마음 모두 허기진 상태.

감정에 게으르면
휴식 선언은 몸이 한다

1년을 마감할 때가 되면 여러 감정이 든다. 1년 농사를 정리할 시간도 필요하다. 하지만 안타깝게도 직장인에게 연말은 평소보다 더 바쁘다. 회오리 몰아치듯 닥치는 술자리가 깊은 생각을 방해한다. 11월 중순부터 시작해 일주일에 사흘 연속 빡센 술자리가 이어지면 정작 일을 하는 낮에는 좀비처럼 골골댈 수밖에 없다.

부서 송년회는 연말 직장인 술자리의 하이라이트. 1차로 중식당에서 빈속에 고량주를 주는 대로 받아 마셨다. 한 사람씩 돌아가며 건배사가 이어졌다. 내 차례만은 오지 않기를 바랐다. 얌전한 후배가 가족 같은 부서가 되자면서 "가!"를 선창하고, 우리는 "족같이!"를 후창하면서 다들 자지러지게 웃은 덕에 건배사 차례는 무의미해졌다(천만다행!).

다음으로는 각자 미리 준비한 3만 원 미만의 선물을 추첨해서 나눠주는 이벤트 순서였다. 뭘 살까 고민하다가 연금복권 30장을 사서 작은 박스에 넣었다. 내 선물을 받은 사람은 평소 친했던 팀 후배였다. 선물을 넘기는 순간 '혹시 진짜 복권이 당첨되면 어떡하지?'하는 마음이 들어서 몇 장을 빼내 가방에 슬쩍 넣고 싶었다. 만약 당첨되면 나한테 뭐라도 주겠지?(후배는 나중에 천 원짜리 세 장이 당첨됐다고 내게 성실하게 보고까지 했다. 탐내는 내 눈빛을 읽은 건가?)

깊이 생각할 새도 없이 송년 회식자리의 모두는 빠른 속도로 술에 취했다. 쓸데없이 웃기 시작하는 걸 보니 나도 취한 것 같았다. 참고로 내 술버릇은 별것 아닌 일에 깔깔대는 것이다. 사람 많은 회식자리에서는 원래 말수가 줄어드는데 술에 취하면 목소리도 평소보다 커진다. 젊은 날에 했던 위험한 술버릇은 사회생활에서 다음 날 등골 서늘해진 순간을 몇 번 겪고 난 뒤 저절로 고쳐졌다. 다윈의 진화론처럼 안전한 술버릇만 살아남았다.

우리는 2차로 노래방을 갔다. 노래방만은 될 수 있는 한 피하고 싶었지만 누구도 딴 길로 새지 않았기에 눈치가 보여 따라갈 수밖에 없었다. 1년 동안 잘 참고 살았는데 송년 회식의 첫 번째 이탈자가 되고 싶지는 않았다. 그저 어서 적당히 있다가 집에 가야지 하는 심산이었다.

평소 점잖았던 남자 선배가 마이크를 잡고 여자 아이돌의 최신 히트곡을 시작하자 다들 추임새를 넣으며 탬버린을 들었다. 여차하면 도망가야겠다는 생각에 소파 끄트머리에 엉덩이를 살짝 대고 앉아 있었다. 도망가도 될 만큼 충분히 어두웠고 다들 정신이 없었다. 가방만 가지고 나가면 만사 오케이 같았다.

기회를 엿보던 중, 지금이다! 싶은 순간 조용히 일어났다. 그러나 민첩하게 나가고자 하는 내 의지와는 전혀 다르게 몸은 점점 중심을 잡기가 힘들어졌다. 취기가 그제야 본격적으로 올라오고 있었다. 나가야 되는데… 어, 어, 어.

순간, 소파 아래로 몸이 미끄러지면서 떨어졌다. 몸이 테이블에 부딪혀 쿵 소리가 났다.

"헉, 괜찮아?"

술이 세진 않지만 누가 "정 기자님, 술 잘 드세요?" 물어보면 "앞에 앉은 사람만큼 마셔요."라고 답하며 몸에 지극히 해가 되는 근성을 보였던 나다. 이런 내가 술에 취해 몸을 못 가누다니…. 창피함에 정신이 번쩍 들었다.

"네, 괜찮아요! 그냥 미끄러졌어요."

왼손이 얼얼했지만 정신은 완전히 멀쩡해진 터라 노래방에서 살아남은 부서원들과 3차 이자카야 술집으로 자리를 옮겼다. 소주를 몇 잔 마시고 어묵탕이 안주로 나온 것까지는 기억하는데, 그다음부터 갑자기 블랙아웃. 다음 기억은 이튿날 아침 우리 집 침대

위였다.

아침에 왼손을 보니 푸르딩딩 멍이 들고 퉁퉁 불은 어묵처럼 탱탱하게 부어 있었다. 살짝 만지니 새끼손가락 쪽이 특히 아팠다. 아, 이건 뭔가 단단히 잘못됐다.

병원에 가니 분쇄 골절. 넘어졌을 때 새끼손가락을 잘못 짚어 온 몸의 체중이 실린 것 같았다. 동네 정형외과 의사 선생님은 손가락끼리 근육이 연결돼 있어서 부러진 손가락 하나만 깁스하면 되는 간단한 일이 아니라고 했다. 수술하지 않으면 미세한 기형이 올 수도 있다고 경고했다. 머리로는 'ㅁ' 자판을 누르는데 실제로는 'ㅂ'을 누르게 될 거라고 했다. '민지' 대신 '빈지'라고 이름을 치기는 싫었던 나는 대학병원에 가서 진료를 받았다. 수술까지 하진 않았지만 손가락 네 개를 고정시키는 깁스를 했다. 왼손이어서 그나마 다행이었지만 컴퓨터 작업이 많은 나로서는 퍽 난감했다.

골절상을 입고 석 달 뒤, 나는 회사에 사직서를 내고 기자를 완전히 그만뒀다. 진작부터 회사 생활에 회의가 들었지만 몸이 아프고 나서 느끼는 감정은 깊이가 달랐다. 이렇게 살면 내년 연말의 나는 또 이런 모습으로 살고 있을 게 뻔했다. 그러고선 또 '1년 전 그만둘걸' 하는 미련퉁이 같은 후회를 하고 있을 거였다. 뭐든 한 번 망가지면 원래 상태로 100퍼센트 돌아오기는 어렵다.

부러진 왼손 새끼손가락은 겉으로는 완전히 말짱해졌다. 다행히 노트북 자판도 제대로 눌러서 이름을 '빈지'로 치는 일도 일어나지 않았다. 하지만 1년이 다 되도록 미세한 통증은 여전히 남아있고 지금도 주먹을 꽉 쥐면 뻑뻑한 느낌이 있다. 그러면 생각한다. 그때 그 순간을. 내 감정 살피기에 한없이 게을렀던 회사에서의 긴 시간들을.

2018년 4월 4일. 퇴사일. 날씨 맑음.

오전 11시 반, 남도 한정식 집에서 부서 회식이 열렸다. 회식이라기보다는 마지막 출근일인 나를 위한 환송회였다. 떠나는 사람을 기쁜 마음으로 보내는 자리는 아니었기에 송별회라고 하는 게 더 맞겠다.

식당으로 가는 길이 왠지 난처하고 우울했다. 내 사적인 취향이 담뿍 담긴, 아주 좋아하는 곡을 막 틀려는 찰나에 열댓 명의 사람들이 내 표정을 지켜보려고 둥글게 원을 만들어서 모여들기 시작한 민망한 느낌이랄까.

"어서오시여. 아따메, 오랜만이네-이."

주인 아저씨가 걸쭉한 남도 사투리로 우리를 곰살맞게 반기며 예약 룸으로 안내했다. 우리 부서 선후배에다 마당발인 옆 부서 선배까지 십여 명이 모였다. 나는 가운데 자리로 앉으라는 걸 한사코 사양하며 안쪽 벽 옆자리로 파고들어 앉았다.

나는 한정식을 싫어한다. 고향이 광주라고 하면 한정식 맛집 많이 알지 않느냐고 묻는 사람들이 종종 있다. 전라도로 여행을 가는데 맛집을 소개해달라는 부탁을 받기도 한다. 그런데 사람들이 간과하는 것이, 외지에 살다 고향에 내려가면 좀처럼 외식을 하지 않는다는 점이다. 내 입맛엔 엄마가 해주는 오이간장무침이 훨씬 더 맛있기에.

그 이유가 아니더라도 나는 반찬이 많이 나오는 집은 기본적으로 신뢰하지 않는다. '세상에 공짜는 없다'는 진리에 비춰볼 때 같은 가격에 반찬 가짓수가 많으면 이유가 있기 때문이다. 푸짐하다고 마냥 좋아할 일은 아니다(밑반찬 많이 주시는 인심 좋은 사장님들 죄송합니다). 〈먹거리 X파일〉을 만들면서 반찬 재사용 실태를 직접 목격해서이기도 하다. 차라리 한 그릇만으로 충분한 설렁탕이나 1인 쟁반에 나오는 단출한 식사가 더 당긴다.

이날은 내가 가장 싫어하는 '상다리가 휘어질 정도'의 요리들이 나왔다. 낮부터 회식을 하는 반가운 단체손님을 공략한 노련한 영업 전략인지 모르지만 이날따라 유난했다. 홍어 삼합부터 전복구이, 생선조림, 돼지두루치기, 해물파전까지 줄줄이 나왔고, 먹는 속도보다 빠르게 요리가 추가되면서 젓가락이 잘 안 가는 접시들은 얼마 못 가 매정하게 상 밑으로 좌천됐다. 막판에 주인아저씨는 유리병에 담긴 약초 술까지 우리 모두에게 한 잔씩 돌리기까지 했다. 한 모금씩만 마셔도 약효가 '왔따'라는데, 아저씨의 넉살이라면 도라지를 산삼으로도 감쪽같이 팔 수 있을 것만 같았다.

> 바삭한 튀김옷을 씹을 때의 감촉과 부드러운 굴을 씹을 때의 감촉이 당연히 공존해야 할 식감으로 동시에 감지된다. 미묘하게 뒤섞인 향이 축복처럼 입안에서 퍼져간다. 나는 지금 행복하다. 나는 굴튀김이 먹고 싶었고, 그리고 이렇게 여덟 개짜리 굴튀김을 음미할 수 있으니까.
>
> _무라카미 하루키,《무라카미 하루키 잡문집》

그 유명한 하루키의 '굴튀김 이야기'를 생각하면 이때의 나는 굴튀김을 먹는 하루키와 가장 정반대의 식사를 하고 있었던 것 같다. 아주 거나한 상차림 앞에서 불편한 기분으로 앉아 있었던 한 시간 20분간의 거창한 점심식사. 그것이 나의 마지막 출근일의 마지막 업무였다.

그만두기엔 아까운 수준의 애매한 실력을 보이다가 운 좋게 프로팀에 입단하고, 성실하게 그라운드를 11년간 누비다가 30대, 그러니까 아주 초라해지기 전 박수칠 때 떠나고 싶어 은퇴를 결심한 축구 선수의 기분이 이럴까. 전성기를 특정할 수는 없어도, 팬들이 선명하게 기억하지 못해도, 구단에서 제 몫을 해내는 성실한 플레이어 중 한 명. 그게 바로 나였다. 그렇게 평범한 플레이어지만 무릎 연골이 모두 닳을 때까지 최선을 다해 젊은 날을 그라운드에서 보냈다.

겉보기엔 일을 열심히 했기에 회사 사람들은 내 안의 공허함을 몰랐다. 하지만 그것은 그저 열심히 한 것, 그뿐이었다. 그렇기에 퇴사를 결심한 나를 붙잡는다고 결심이 변하지 않았겠지만, 회사도 형식적인 설득 이상으로 잡지 않았다. 많은 기자의 이직 행렬은 시작됐고 아무도 평생직장 개념으로 회사를 다니지 않는다는 걸 이미 회사도 알고 있었다. 기자의 사명감? 한 후배가 말했다. 삼성전자 다니면 휴대폰 만들고 신문사 다니면 신문 만들고 방송사 다니면 뉴스 만드는 것뿐이라고. 그렇게 생각하면 마음이라도 편하다고 했다. 난 씁쓸하면서도 인정할 수밖에 없었다.

마지막으로 관중에 꾸벅 하고 인사를 할 때, 평범한 플레이어의 눈에는 눈물이 맺혔다. 회식의 어색한 격려와 호기심 어린 눈빛을 뒤로하고 사무실에 들러 인사하고 나왔다. 내가 회사에서 받은 15인치 노트북, 찌든 때로 얼룩진 쥐색 노트북가방, 검지가 닿은 자리만 동그랗게 닳은 마우스, 회사 단체복 점퍼를 반납했다. 퇴사자에게 퇴사 이유와 회사의 개선점을 묻는 설문지는 모두 공란으로 비워서 냈다. 이런 얘기는 진즉 구성원들에게 물어보고 궁금해했어야 하는 문항들이었다. 떠나는 사람이 이런 질문에 답하는 건 권한 밖의 일로 여겨졌다. 차장과 마주보는 내 자리에는 몇 권의 책이 있었다. 순간 종로 알라딘 중고서점에 팔까 고민했지만 대신 의자 옆 쓰레기통에 소리 없이 쑤셔놓고 자리에서 일어났다.

그러니까, 나는 빈손으로 나왔던 것이다.

회사를 나와 덤덤하게 광화문 네 거리 횡단보도를 걸어가고 있을 때 휴대폰에서 알람소리가 들렸다. 아까 회식 자리에서 고등학교 친구들과 몰래몰래 했던 단체 카톡방에 남긴 정현의 메시지였다.

'민지야, 10년 넘게 치열하게 살았다. 정말 고생 많았어.'

횡단보도 중간에 서서 왈칵, 눈물이 터졌다. 마지막 한 올의 긴장감이 탁 끊어졌다. 고생했다는 말에. 눈물이 끊임없이 쏟아지는 게 스스로 신기할 정도였는데 울면 울수록 홀가분했다. 그렇게 눈물범벅으로 한 시간을 걸었다. 더 이상 눈물이 나오지 않을 정도로 다 울었다는 생각이 들 때 휴대폰을 꺼냈다. 그 순간 생각난 사람은 엄마였다.

"엄마."

"응?"

"10년 일하고 그만둔 나도 이런데, 수십 년을 일하다 퇴직하면 얼마나 허무할까? 그래서 엄마 아빠가 생각나더라. 엄마가 몇 년

뒤에 일을 그만두면 그동안 진짜 고생했다고 꼭 말해줘야겠다는 생각이 들더라."

휴대폰 너머의 엄마는 잠시 말을 잃더니 갑자기 목소리가 흔들렸다. 나는 퇴직 이후의 쓸쓸한 노년을 떠올리며 우는 엄마를 달래는 딸로 순식간에 역할이 바뀌었다. 누구는 꿈이 없었겠냐만은 가족을 위해 60이 넘어서까지 일하고 있는 엄마 아빠였다. 따박따박 월급 받는 일을 뺑 걷어차고 나온 게 미안해지는, 나는 30대 중반에 자발적 백수가 된 철없는 둘째 딸이었다.

행복을 깨뜨리는 사람을
거절할 때도 용기가 필요하다

퇴사한 내가 그간 잔뜩 밀린 숙제처럼 가장 먼저 해치운 것은 여행이었다. 이제 남는 게 시간인 나와 달리 회사에 매어 있는 남편 때문에 일단 우리는 짧은 여행부터 다녀오기로 했다. 그래, 대한민국부터 벗어나자.

급하게 잡은 여행지는 코타키나발루. 적당한 시간대의 비행 티켓을 구하지 못해 어쩔 수 없이 여행사 패키지로 갔다. 나와 남편의 생애 첫 패키지여행이었다. 호텔에 도착해 창문 커튼을 양손으로 잡고 쫙- 젖혔다. 눈에 보이는 건 햇살에 부딪혀 눈부시게 반짝이는 수평선… 대신에 테니스코트만 한 콘크리트 옥상, 창문을 열고 다리만 뻗으면 닿을 콘크리트 옥상이었다.

나보다도 남편이 분노했다. 그는 씩씩대면서 호텔에 항의해 룸을 바꿨다. 그래봤자 몇 층 위 룸이어서 흉물스러운 회색 옥상이 아래로 보이는 정도였지만 말이다. 하지만 그것은 단지 패키지여행이 어떻게 흘러갈지 알리는 서막일 뿐이었다.

패키지여행은 '가이드빨'이라더니 우리는 운이 안 좋았는지 일정을 따라갈수록 형편없는(한국이라면 공짜로 줘도 먹지 않을) 한식과 질 낮고 터무니없이 비싼 체험 관광에 질려갔다. 게다가 이곳은 종교 영향으로 맥주 값도 비싼 편이어서 우리 부부에게는 크나큰 실망을 안겼다.

여행의 마지막 밤. 반딧불 체험을 위해 장거리를 이동하는 일정이 있었다. 한국인 가이드는 운전기사 옆에 마이크를 잡고 섰다. 종이 다발을 꺼내더니 앞에서부터 한 장씩 가지고 뒤로 넘기라고 했다. 종이에는 말레이시아 노래 가사가 현지어와 한글로 쓰여 있었다.

그는 자신이 한국에서 10년간 과학을 가르치던 학원 강사였다고 했다. 그는 선생이었고 우리는 유인물을 받아든 학원생이었다. 그는 목적지까지 가는 내내 말레이시아 민요를 한 줄 한 줄 해석하면서 모두가 따라 읽고 외우게 했다. "이건 무슨 뜻일까요?" 식의 간단한 질문을 하고, 손을 들고 답을 하면 초등학교 저학년에게 우쭈쭈를 남발하듯 칭찬했다. 그렇게 유인물 한 장으로 한 시간 반

동안 수업을 했다. 40대 후반인 그는 온가족이 이민 온 지 5년이 됐다고 한다. 방 아홉 개 딸린 집에 세 명의 가정부를 두고 있다고 말할 땐 얼굴에 자랑스러운 기운이 가득했다. 한국에서라면 꿈도 못 꿀 여유로운 생활이라면서.

그러나 내가 보기에 그는 여전히 강사였다. 사는 국가가 바뀌고, 하는 일이 달라졌다고 해도 그는 여전히 학원 강의실에서 벗어나지 못했다. 사람은 정말 바뀌지 않는구나, 직업이 그를 잠식해버려서 어딜 가든 그는 강사겠구나 싶었다. 결국 그날 저녁 버스 뒷자리는 초등학생 자녀를 언제부터 어느 학원에 보내면 좋을지 묻고 답하는 사교육 상담소로 변질되고 말았다.

어두워지는 이국의 차창 밖을 바라보며 나 자신을 생각했다. 기자를 그만두고도 예전 같은 모습으로 산다면 저 학원 강사 출신 가이드, 아니 가이드를 하는 학원 강사와 다를 것이 없었다. 끔찍했다. 이렇게 석양이 아름다운 휴양지에서도 자신의 정신세계는 콩나물 강의실 안에 갇혀 있는 건 아무래도 싫었다. 나에게도 해당하는 말이었다. 직업이 나를 잠식하는 삶은 더 이상 안 된다.

그런데 그 저녁 관광버스 안에서의 결연한 각오가 무색하게 환경은 아주 쉽게 나를 달라지게 했다. 회사를 그만둔 나의 하루는 빌딩과 매연으로 뒤덮힌 서울과 맹그로브 숲의 반딧불이 트리가 펼쳐진 코타키나발루의 차이만큼 전혀 다르게 시간이 흘렀다. 한

동안 여기저기로 여행을 떠난 뒤 돌아온 나의 일상에서 가장 먼저 바뀐 것은 인간관계였다.

두 달쯤 지나고 문득 깨달았다. 이제는 연락이 오지 않는구나. 하루에 백 통씩 문자가 오고, 메신저로 쉴 새 없이 지시가 내려오고, 저장 안 된 번호들이 수시로 휴대폰을 울리며 날 괴롭히던 시기는 아주 아득하게 느껴졌다. 지인과 친구 사이 어디쯤 있던 인연들은 대부분 완벽한 타인으로 분류되면서 내게서 확실하게 떨어져 나갔다.

내 대학 친구는 결혼식이 인간관계를 정리하는 기점이 됐다고 털어놨다. 연구소에서 일하던 그는 점심 저녁으로 새로운 사람과 약속을 잡으면서 바쁘게 살던 내게 말했다.

"만나고 싶지 않은 사람까지 억지로 만나면서, 그렇게 내 소중한 시간을 뺏기면서 살고 싶지는 않아."

엄격한 분류 기준에도 불구하고 직업적 특성을 감안해 결혼식 불참자인 나를 예외적으로 커트라인 안에 넣어준 친구였다. 그에 반해 나는 어중간한 인연들까지 각각의 의미를 부여해 감정 소모를 하는 그저 보통의 사람이었다.

한 심리학 교수가 행복을 깨뜨리는 사람을 거절하는 데에도 용기가 필요하다고 하는 말을 TV에서 들은 적이 있다. 세상의 사소한 것들에도 용기가 필요하다. 배우 문근영의 인터뷰 영상을 우연히 봤다. 자신의 삶에는 너무나 많은 타인이 있었고, 그들을 미워하면 참 편했을 텐데 그걸 못해서 자꾸 자기 자신을 미워했다고. 서른 살이 된 문근영의 까만 구슬 같은 눈동자에 눈물이 맺혔다.

나 역시도 사람에게 연연하며 인연을 붙잡으려 집착해왔다. 일을 하며 알게 된 뒤 아주 친해진 친구가 있었는데 사소한 이유로 한순간에 멀어졌다. 마음 한구석에 서글픈 마음이 들었다. 정말 그렇게 사소한 이유 때문인지 혼란스러웠다. 내가 모르는 다른 일이 있지 않고서야 이렇게 맥없이 끊어질 만큼 가벼운 우정이 아니었다. 문자로 연락해도 답은 오지 않았다. 친구를 생각하는 것만으로도 마음이 불편했다. 생각을 떨치려고 했지만 기어이 내 문제고 내 한계인가 싶은 생각으로까지 귀결되면서 서글퍼졌다. 그렇게 미련을 갖고 있을 때였다.

"내가 힘들 때 걔한테 받은 게 많아서, 그게 생각나서 미워할 수가 없어."

나는 한숨을 쉬었다. 남편은 무심하게 말했다.

"민지야."

"응?"

"그건 특별한 게 아니야."

"무슨 소리야?"

"너 주변에 있으면 누구라도 그 정도는 신경 쓸 수밖에 없어."

특별한 인연과 그렇지 않은 인연. 물이 흐르듯 새로운 인연을 만나면서 인생은 흘러간다. 여행지에서 낯선 이들과 만나 하룻밤 반가운 동행자가 되듯, 그들과의 이별로 여행길에 푹석 주저앉지는 않듯, 나는 그렇게 퇴사 후 덤덤한 마음으로 여러 인연과 이어진 끈을 놓게 됐다. 나만 꼭 잡고 있던 주먹에서 힘을 빼자 덜 쓸쓸해졌다. 좋은 관계는 부드러운 하모니를 이룬다. 모든 인연은 스쳐 지나간다. 호들갑 떨지 말자.

단독 특종보도보다
더 기억에 남는 것은

은행 ATM 수수료와 IPTV 영화 요금은 얼마 안 되는데도 왜 이리 아까울까? 영화관에서 꼭 보고 싶었던 최신작이라면 (남편과 함께 본다는 조건이 붙지만) 결제액이 만 원 넘어도 본다(〈범죄도시〉가 그랬다). 볼까 말까 고민했던 것은 8천 원대까지 떨어져야 결제한다(〈미씽〉이 그랬다). 이 기준에서 벗어나면 아예 천 원 미만의 오래된 영화 리스트를 뒤적거려 볼 만한 걸 찾아낸다. 결론은, 그래서 대부분 1~2천 원대 흘러간 영화를 많이 본다는 거다.

책장에 오래 꽂혀 있던 소설을 한참 만에 다시 보면 그때는 스쳤던 구절들이 눈에 들어오듯이 오래된 영화도 마찬가지였다. 스토리와 결론을 다 알아도 다시 보는 재미가 쏠쏠했다.

235

내가 말하는 옛날 영화는 학창시절에 본 것들이다. 초등학생 때까지 살았던 복도식 아파트에서 우리 집은 908호, 복도 끝이었다. 비디오테이프를 하나 빌리면 909호, 9010호, 9011호, 9012호까지 돌려봤다. 영화가 어땠다는 간단한 평과 함께. 지금으로 치면 한줄 평과 별점을 구전한 것이다. 그렇게 본 영화 중에 〈쿨러닝〉과 〈스피드〉가 있었다. 중학교 때는 〈포레스트 검프〉, 고등학교 때는 〈러브레터〉와 〈쉬리〉를 봤다.

대학에 가면서는 가열찬 데이트 일정을 소화하느라 당시 어지간한 박스오피스 순위권 영화들은 대부분 섭렵했다. 여기에 광화문 씨네큐브에서 상영하는 비주류 영화들까지 챙겨서 봤다. 초반에 재미없다(난해하다) 싶으면 가차 없이 고개를 흔들며 숙면에 들었지만.

예전 영화를 다시 볼 때는 스토리보다 배우에 더 집중하게 된다. 특히 한국영화를 보면 지금은 주연만 하는 톱스타들이 그때에는 건달3이나 친구4 정도로 나오는 신들이 있다. 그게 그렇게 반가울 수가 없다. 갑자기 하늘에서 뚝 떨어진 재능이 아니라 눈에 띄지 않더라도 차근차근 밟아서 올라갔구나 하는 생각에 배우의 등을 토닥토닥해주고 싶을 정도다. 그렇게 예전에 볼 때는 보이지 않았던 그 젊은 단역 배우의 모습에 마음이 뺏기게 된다. 가끔은 혼자 리모컨을 쥐고 눈시울이 붉어지면서 뭉클해지기까지 한다. 그것을 찍기까지 얼마나 많은 기다림과 수없는 오디션이 있었을까. 그렇게 어떤 것들은 한참 지나고 되돌아봤을 때에야 찐한 추억으로 남는다.

도시의 소복한 눈을 아름답게 찍는 것은 보기보다 쉽지 않다. 인공눈을 살포할 수도 없는 뉴스는 더 그렇다. 눈은 보기에는 좋지만 기온이 올라가면 순식간에 녹고, 질퍽질퍽해져 길가 구정물이랑 섞이면 그것처럼 흉물스러운 골칫덩어리가 없다. 특히 첫눈은 기온이 그렇게 낮지 않을 때 내리기 때문에 금세 녹아버린다.

전국에서 가장 먼저 눈이 내린 무주를 촬영해 리포트 하라는 지시가 떨어졌다. 전라북도 동부산악권의 무주, 진안, 장수 세 지역은 합쳐서 무진장이라고 불린다. '한없이 많다'는 뜻의 단어 '무진장'과는 별개지만 이 지역 사람들은 여기가 워낙 산골이라서 무진장이란 말이 나왔다고 철썩같이 믿고 있다. 아침부터 이 구불구불한 산길을 따라 취재를 가야 했다.

첫눈이 내렸다고 해서 아침 일찍 서둘러 갔지만 밤새 내린 눈은 이미 그쳐 있었다. 쌓인 것도 거의 녹고 차가 지나간 자리는 구정물로 변해갔다. 어쩌지. 인적이 드물어서 곱게 쌓인 첫눈을 찍어야 한다. 마음은 급해진다. 눈은 해가 중천에 가까워질수록 속절없이 녹으니까. 그럴수록 시야는 좁아진다.

그때 내 눈에 한 초등학교가 들어왔다. 시골에서 흔히 볼 수 있는 작은 분교 같았다. 아직까지 학교 운동장에는 눈이 쌓여 있었다.

이거라도 찍을까 하고 교문으로 들어서는데 한구석에 예닐곱 명의 아이들이 있었다. 쉬는 시간인지, 등교하자마자 책가방을 교실에 던져놓고 바로 나온 건지 잘 모르겠지만 아이들은 "와-." 하는 소리와 함께 뛰고 있었다. 아이들은 MBC 마크가 찍힌 취재차량에서 내리는 우리들을 보더니 소리를 내고 한꺼번에 달려들었다.

"무한도전이다!"

MBC라고 하면 무한도전을 생각하는 아이들이 귀여워 우리는 아이들을 찍기 시작했다. 병아리들은 아침에 엄마가 챙겨줬을 털 귀마개를 하나씩 하고 있었다. 벙어리장갑을 낀 아이도 있었지만 눈싸움을 하면서는 불편한 듯 하나둘씩 벗어던졌다.

양 볼이 빨개진 아이들은 카메라를 향해 도토리 같은 얼굴을 들이밀었다. 부풀어 오른 볼에 손바닥을 대서 따뜻하게 덥혀주고 싶을 정도로 한없이 귀여웠다. 아이들은 카메라에 눈을 던지기도 했다. 평소 같으면 물 들어간다고 기겁했을 카메라기자는 아이들의 천진한 웃음소리에 그저 따라 웃을 수밖에 없었다.

"와! 저희 테레비에 나와요?"

"나오지!"

"와! 근데 연예인이에요, 뭐예요?"

"응?"

(카메라기자가 끼어들어) "그냥 이모야. 이모."

기자 생활을 돌아보면 단독 기사를 써서 기분이 날아갈 듯한 적도 있었지만 지나고 나면 그 기분은 며칠만 지나도 무뎌졌다. 하지만 볼 빨간 아이들과 함께한 이 짧은 시간을 생각하면 늘 웃음이 나고 가슴에 온기가 퍼진다.

기자를 그만두고 나서야 알았다. 이 순간이 내 기자 생활에서 가장 빛나는 한때였음을. 영화에 나오는 배우들의 대사 한 줄 없는 그 장면들이 전성기를 남몰래 예고하듯이, 평범한 나의 인생에도 행복한 날이 올 거라고 알려주던 소중한 추억이란 걸 이제 와서야 알게 된다. 아이들이 첫눈에 기뻐하는 모습에 내 가슴에도 그제야 첫눈이 소복하게 내렸다.

우리의 삶에도
어떤 용기가 생겨나길

추석을 맞아 부모님이 광주에서 서울로 역귀성하셨다. 몇 달 전 쌍둥이를 낳은 언니네 집에서 모인 우리 가족은 갓난아이의 작은 몸짓에도 큰 의미를 부여하며 웃음보를 터트렸다. 그러다 조금 피곤해진 나는 작은 방으로 조용히 피신했다. 그런 나를 따라 아빠가 들어오더니 뭔가 말을 할까 말까 망설였다. "뭔데, 뭔데?" 내가 보채니 그제야 입을 뗐다. 시를 몇 편 썼는데 한번 봐줄 수 있냐는 거다. 피식 웃음부터 났지만 아빠의 진지함을 감지하고 제목이 뭐냐 물었더니 대뜸 '바람'이란다.

"아빠, 바람 피워?"

"뭐? 허허허⋯."

일단은 시를 보내보라고 했다. 아빠는 숙제 검사를 받기는 두렵지만 자랑하고 싶은 구석이 있어서 칭찬을 기다리는 아이 같은 표정으로 알겠다 말하고 방에서 슥 사라졌다. 바람처럼.

아빠는 조직생활이 싫어서 젊을 때부터 사업에 뛰어들었지만 무른 성정 탓에 손대는 족족 실패했다. 사기 친 사람에게 돈을 받으러 갔다가도 사정 얘기에 금세 발길을 돌렸다. 그 사람이 결국 다른 사기 건으로 감방에 갔지만 "형님, 도와주쇼."라는 편지를 보내자 그 집 쌀독까지 가서 살폈다. 성공한 CEO와는 영 거리가 멀었던 아빠는 절망에 찬 일기를 썼고, 어느 날 그걸 본 젊은 엄마는 밤새 펑펑 울었다.

나는 늘 생활력이 강하고 매사 에너지 넘치는 엄마 편에 섰지만 내 단점을 살피다 보면 아빠로부터 대물림했다 싶은 것들을 발견하게 된다. 부정하고 싶지만 나는 갈수록 아빠를 닮아간다. 조직생활을 힘들어하고 자존심이 세다. 21세기 성공의 필수 조건인 광대 기질이 새 모이만큼도 없어서 싫은 건 죽어도 안 하려고 한다. (엄마와 정반대로) 결정적인 순간에는 마음이 약해진다. 측은지심이 헤프면 사회에서 성공하기 영 글렀으니 이래저래 힘든 인생이다.

그런 유전자를 대물림해준 아빠가 두 달이 넘도록 시는 안 보내고 카톡으로 등산 셀카 사진만 잔뜩 보냈다. 문득 생각 난 김에 전화를 걸어 시를 보낸다고 하지 않았느냐 재촉했더니 몇 분 뒤 띵-

동 하고 메신저가 울렸다.

노트에 적힌 시 다섯 편은 〈바람〉, 〈나그네〉, 〈외로움〉, 〈고독〉, 〈쌍둥이〉였다. 첫손자인 지훈, 지서를 주제로 한 것 말고는 하나같이 마지막을 내다본 쓸쓸한 시였다. 성실하게 논을 일구었지만 풍년을 맞지는 못하고 추수를 다 끝낸 자의 헛헛한 뒷모습이 연상됐다.

바람이란 위험한 제목의 시는 운명의 상대와 뒤늦게 눈이 맞았다는 내용이 아니라(휴, 다행이다) '허공에 부는 바람에게 세월을 만지고 내 상처도 어루만져다오' 하며 부탁하는 내용이었다. 아빠는 내게 지나가는 말로도 진지하게 약한 진심을 털어놓은 적이 없기에, 그것은 아빠의 일기장을 봐버린 느낌이었다.

나는 문득 네 자녀를 둔 가장이 어떤 무게감을 지녔을지 가늠해보게 됐다.

아빠는 엄마와 결혼하기 전 카나리아를 키웠다고 한다. 그런데 결혼하고 나서 꼬박꼬박 모이를 챙겨줘야 하고, 밤낮없이 지저귀는 소리에 이웃집에서 항의까지 받자 진절머리가 난 엄마는 베란다 문을 열고 카나리아 한 쌍을 날려 보냈다. 젊은 아빠는 문이 열린 텅 빈 새장을 보며 무슨 생각을 했을까?

새를 키우며 살 수 있는 자유를 잃고, 한낮의 낮잠을 잃고, 월급을 탕진할 청년의 치기를 잃고, 좋아하는 영화 취향을 잃었을 것이다. 대신 환갑이 넘어서까지도 할 수 있는 일이 뭐가 있을지 머리를 싸매다가 아들딸을 뒷바라지하는 데에는 한계가 있다는 것을 뼈저리게 깨닫고 나서는 구복신앙 성격이 짙은 기독교에 깊숙이 빠져들었다. 새벽마다 잠을 떨치고 손을 모으는 성실한 기도는 지금까지 이어지고 있다.

> 나도 무릎 꿇은 적 있어. 뺨도 맞고 욕도 먹고. 그 와중에 다행이다 싶은 건 우리 가족은 아무것도 모른다는 거. 그래, 아무 일도 아니야. 우리 식구만 모르면 아무 일도 아니야. 근데 어떤 일이 있어도 식구가 보는 데서 그러면 안 돼. 식구가 보는 데서 그러면 그땐⋯ 죽여도 이상할 게 없어.

〈나의 아저씨〉에 나온 이 대사처럼 아빠도 그런 마음이지 않았을까. 가족 때문에 버텼고, 가족 앞에서는 지키고 싶은 게 있었던 마음. 꾸역꾸역 살아낸 건 가족 때문이 아니었을까. 아빠의 무거운 십자가이기도 했지만, 스스로를 놓아버릴 수 없게 지켜주는 가족이란 존재.

내가 아빠를 잘 안다고 생각하는 건 어쩌면 뻔뻔한 생각일지도 모르겠다. 기자 정신을 발휘해보자면 아빠가 어떤 사람인지를 함부로 정의하기에는 판단의 근거들이 턱없이 부족하다. 딸로서는 그저 어느덧 칠순에 가까워진 아빠의 건강만 신경이 쓰일 뿐이다.

지금까지는 그런 적이 없지만, 아빠가 나에게 뭔가 고민을 털어놓았을 때를 상상해본다. 아빠는 용기를 냈을 텐데 정작 내게는 도

와줄 힘이 없다면 서로 얼마나 안타까울까. 그래서 지금은 내가 더 능력 있고 좋은 사람이 되는 데에 힘을 쏟을 수밖에 없다. 어찌됐든 나는 부모를 도울 능력이 있는 자녀가 되고 싶기 때문이다. 그리고 시의 형식을 띤 아빠의 일기장을 본 이상, 연필로 까맣게 얼룩진 문장을 읽어주고 기꺼이 흐뭇하게 물개박수를 치는 딸이 될 것이다.

질문이란 권력을
내려놓은 어느 저녁

우리 부부가 사는 아파트는 언덕 꼭대기에 있다. 그 아파트의 맨 꼭대기 15층이 바로 우리 집이다. 얼마 전 나무 식탁을 베란다 창가로 옮겼다. 그 식탁에 앉으면 달이 정면으로 올려다 보인다. 어떨 땐 꼭 이 도시에서 지금 이 순간 오직 나만이 저 달을 쳐다보고 있지 않을까 하는 (허황된) 생각이 든다. 오늘도 그런 생각이 드는 저녁이었다. 한참 멍하니 달을 올려다봤다. 영화 〈위대한 쇼맨〉에 나오는 노래 〈From now on〉을 흥얼거리면서.

이제부터는,

내일로 미뤘던 걸 당장 시작하리.

바로 오늘 밤부터.

회사를 그만두고 뭐가 달라졌는지 생각해본다. 정년퇴직까지 안정된 삶이 보장된 엄청난 기회비용을 지불하고 나는 무엇을 얻었을까?

예전의 나는 날마다 새로운 사람을 만나고, 마음에도 없는 소리를 하며, 보이지 않는 기 싸움을 하는 게 일상이었다. 그 대가로 월급을 받았다. 지금은 그때보다 연락하는 사람들이 십 분의 일로 줄었다. 퇴사 후 처음으로 맞은 연말 풍경도 많이 달랐다. 더 이상 싫어하는 자리에 가지 않고, 억지로 술을 마시지도 않았다. 나는 그저 조금 심심하지만 외롭지는 않은 연말을 보냈다. 이제는 각자 위치에서 열심히 살아내고 있는 내 가족과 친구들, 나이를 허투루 먹고 있지 않은 지혜로운 지인들을 더 소중히 여기며 지낸다.

당연히 모든 것이 드라마틱하진 않았다. 《잃어버린 시간을 찾아서》는 여전히 완독하지 못했고, 수영장 회원권을 끊었지만 역시 의지 부족으로 가뭄에 콩 나듯 가고 있다. 1년은 버틸 수 있는 퇴직금이 들어있는 통장 잔고에 파란색 입금 숫자란 도무지 없고, 시뻘건 색깔의 출금 내역만 줄줄이 찍히고 있다. 어쩌겠나. 파란색이 없으면 빨간색을 줄일 수밖에. 이제는 철이 바뀌어도 새 옷을 사지 않고, 다른 씀씀이도 크게 줄였다. 그래도 어쩔 수 없는 부분은 남편에게 단독 가장의 무게를 지게 하고 있다.

그럼에도 당분간은 뻔뻔해지기로 했다. 주변의 도움을 받으면서 지금 나는 스스로에게 시간을 충분히 주고 있다. 내 삶을 성급하게 결론내리고 싶지 않기에. 20대에는 나조차 날 믿지 않았지만, 최선을 다했던 순간들이 축적되면서 이제는 지금의 나에게 조금 더 믿음이 간다. 내가 어디로 흘러가더라도 나다움을 잃지 않을 수 있을 거라는 희미한 자신감이 든다.

한동안 일상을 텅 비우고 나니 안에서부터 에너지가 조금씩 차오르는 게 느껴진다. 10년 넘게 글을 쓰며 살았는데 다시 하루 종일 노트북 앞에서 글을 쓰고 싶어질까 했다. 그런데 이 원고를 쓰면서 '얼굴 밝아졌다'는 소리를 많이 들었다. 글을 쓰면서 치유되는 과정이 신기했다. 특별히 전달하고 싶은 생각이 있어서 글을 쓴 게 아니라, 글을 쓰면서 자연스럽게 생각이 정리됐다. 나는 어떤 사람인지, 어떻게 살고 싶은지를 알게 됐다.

앞으로 다른 어떤 일을 밥벌이로 삼더라도 글 쓰는 일은 놓고 싶지 않다. 서툰 글에서 의미를 발견해준 속 깊은 러닝메이트 조유진 편집자 님, 담백하게 쓰라며 냉철한 평을 아끼지 않았던 나의 첫 독자 겸 배우자 최동훈 씨에게 고맙다. 책에 등장하며 글을 풍성하게 해준 나의 사람들에게도, 지금처럼 함께 잘 살아보자고 말하고 싶다.

오늘도 울컥하고 말았습니다